爱是一种好得不得了的『病毒』

蔡澜 著

蔡澜写给年轻人的书信合集

图书在版编目（CIP）数据

爱是一种好得不得了的"病毒" / 蔡澜著. —— 青岛：青岛出版社，
2016.11 （蔡澜·致青春）
ISBN 978-7-5552-4689-3

Ⅰ.①爱… Ⅱ.①蔡… Ⅲ.①书信集–中国–当代Ⅳ.①I267.5

中国版本图书馆 CIP 数据核字（2016）第 244747 号

书　　　名	爱是一种好得不得了的"病毒"
著　　　者	蔡　澜
出 版 发 行	青岛出版社
社　　　址	青岛市海尔路182号（266061）
本 社 网 址	http://www.qdpub.com
邮 购 电 话	13335059110　0532-68068026
选 题 策 划	贺　林
责 任 编 辑	贾银峰
特 约 编 辑	梦太奇
插　　　画	苏美璐
封 面 设 计	门乃婷工作室
制　　　版	青岛乐喜力科技发展有限公司
印　　　刷	青岛名扬数码印刷有限责任公司
出 版 日 期	2017年8月第1版　2017年9月第2次印刷
开　　　本	32开（890毫米×1240毫米）
印　　　张	8.25
字　　　数	200千
图　　　数	23幅
印　　　数	10001-15000
书　　　号	ISBN 978-7-5552-4689-3
定　　　价	39.80元

编校印装质量、盗版监督服务电话：4006532017　0532-68068638
建议陈列类别：文学类　励志类

目录

【小女孩 纯纯的爱】

002 · 在公交车上见到不敢开口表白的情人，这种感觉多么珍贵
006 · Puppy Love？小儿科！
010 · 你不是爱上一个人，而是爱上几封信
014 · 想呀想呀，就以为自己爱上他了
018 · 爱上一个大叔，预留五年时间
022 · 是否喜欢你？你感觉不到吗？
027 · 爱人，总比被爱痛苦
032 · 爱一个人就勇敢去爱吧
036 · 爱上我的钢琴老师

【爱 要怎么说出口】

042 · 美丽的女人，并不能对寂寞免疫
046 · 女人需要安全感，大胆去爱
050 · 完完全全地忘记她
055 · 这世界上没有比女朋友有男友更难过的事
059 · 给自己机会，多尝试一次恋爱
063 · 胖绝对不是障碍，没有自信才是致命伤
067 · 机会来了，一定要抓住

072 · 距离不是恋爱失败的借口
076 · 得不到的,最不甘心
080 · 暗恋,折磨自己或自己享受
084 · 少有男人会拒绝一个少女的爱
089 · 教我如何不想他
093 · 一个令你心跳的男人,值得去追、去等
097 · 等待了五年,应该追求到底
102 · 知道好过不知道

【他/她是否爱我】

108 · 爱是一种好得不得了的"病毒"
112 · 做一个乐观的女孩子
116 · 一厢情愿去恋爱
120 · 暗恋才是痛苦
124 · 极度猜疑=极度痛苦
128 · 冷静一点儿,反而会得到对方的尊敬
132 · 认清界线,才叫智慧
136 · 男朋友有性要求,怎么办?
140 · 男友好专制,怎么办?
144 · 勇气可嘉,祝你成功

【如何得到她/他的爱】

150 · 男人结婚因为疲倦,女人结婚因为好奇
154 · 有时候,得不到比得到更有趣
158 · 谦虚是美德,过分谦虚则是造作
162 · 你甘心做"备胎"吗?
166 · 两小无猜平常事
170 · 做傻女,不要做蠢女
174 · 爱上一个不相识的女子,怎会是错?
179 · 怎样让他知道我的爱意?
183 · 摧毁你事业的是你的纠缠不清

【谁是我的真爱?】

188 · 纠缠不清,是自寻来的烦恼
192 · 一直爱着你的男人,是完美的男人
196 · 感情移民,给彼此自由
200 · 女人对第一个爱她的人,总是忘不了的
204 · 爱一个人,不在于过去,在于爱得有多深
208 · 爱情轻伤,很快就好
212 · 爱就是前途、将来和幸福

【何谓真爱】

218 · 真爱是盲目的,也很容易消耗
222 · 什么叫爱得深
226 · 爱,是豁出性命的
230 · 他喜欢你,但没有达到爱的程度
234 · 爱没有输赢之分
237 · 恋爱是越爱越勇的

【你好 初恋】

242 · 再见,初恋
246 · 男人都不能忘记初恋情人,就像女人一样
250 · 等别人回到自己身边,怎么会开心?
255 · 初恋分手后大哭一场,是一种享受

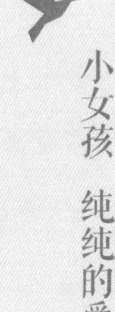

小女孩　纯纯的爱

在公交车上见到不敢开口表白的情人，这种感觉多么珍贵

> 这个年代，女人主动不是一件羞耻的事。主动之下，得不到应得的效果，就死了这条心，反正对自己有个交代。

蔡澜先生：

你好，我心里有些问题想向你请教。

我是一个二十岁的女孩，是一个很内向的人，没什么朋友（包括异性朋友）。我住在沙田，在九龙湾一家工厂做文员，每天大约八点二十五分在邨内站搭公交车上班。

每天,在车站等车时,总会遇见一名二十多岁的小伙子。他样子很英俊,身穿笔挺新西装,手挽公文包,和我一样在等车。

每天,我俩都是搭同一班车上班,而他比我早一站下车。当他下车的时候,我心里总有种不舒服的感觉。心想,我是不是喜欢他?如果是,一天一天地过去,我还是没有勇气去认识他。

蔡澜先生,我很希望你能替我想出个方法去认识他,我也想知道他有没有女友。

祝你身体健康!

读者小倩　上

小倩:

啊,在公交车上见到不敢开口表白的情人,这种感觉多么珍贵!

我也遇过,那是数十年前的事了。看你的来信,又勾起一幕幕的回忆,的确是痛苦得甜美,至死不忘。

你别胡思乱想。人还没认识,就想知道对方有没有老婆、女友,早了一点儿吧?

年轻人最大的毛病是没有勇气,对一种感情的无疾而终,似乎当成享受。我当时也患过这种无聊的绝症,回想起来,那时实在很傻,所以我并不喜欢年轻的我。

我知道我是改变不了你的。因为当年的我,也没有办法改变我自己。

不过,若是我还有一个机会,像你这样年轻,我绝对会主动地和他接触。

这个年代,女人主动不是一件羞耻的事,不然你们还喊什么平等?

先等他的目光,在他对着你望过来时和他微笑一下。若是他没反应,那就算了,不必再犯贱。

　　如果他也礼貌地报以笑容，下一次便进一步地说声早安。这很自然，也没什么大不了，不等于你已经约他上床那般严重。

　　接着淡然地问他的工作，向他说你的生活习惯。一切顺其自然，不必急，也不必勉强。如果一下子冲得太猛，对方会认为你是"花痴"。

　　要看对方的反应而决定下一步棋。

　　这个英俊的男人，不知他的底细，也许……有很多也许。

　　主动之下，得不到应得的效果，就死了这条心，反正对自己有个交代，便不会一直猜疑下去了。

　　一天一天地过去，是浪费你自己的感情。到最后像我这样后悔，不值得。

　　祝好！

　　　　　　　　　　　　蔡澜　上

Puppy Love？小儿科！

为了思念一个人而荒废学业,这证明你还没有资格玩爱情游戏。

亲爱的蔡澜先生:

你好吗?我想了很久才写信给你,希望你帮我解答爱情难题。

我现在十二岁,但是我已经有男朋友并遇到爱情难题。我的男朋友是一个很花心的人,他是我同班同学。他以前对我很好,拉过我的手,可惜现在对我很冷淡,甚至不理我。

我想到三个原因：一是他不想自己班以外的人知道我们的事；二是我的堂姐曾经见过他，也知道我们的事，之后他便说过我；三是我"一脚踏两船"吧！

我当初和他在一起时，我的同学便叫我小心他。也有同学说，他是骗我的感情，是戏弄我。现在，我的好朋友对我说，他是花花公子，不如放弃他！但我十分天真，十分傻，为了这个坏男孩，差点儿放弃了自己的学业。蔡澜先生，你说，我是不是很傻啊！

我日思夜想，始终都不愿放弃他。我就是因为他而闷闷不乐。蔡澜先生，你可否教我，应如何做呢？我要不要放弃他呢？但是，我绝不能放弃他啊！我曾经多次问过他，他说他从来没有玩弄过我，是喜欢我的；但又说要"扔掉"我，因为他知道我同时喜欢另一个人。这段感情是否继续下去？他说无所谓。

我该怎么办呢？

小天使　上

小天使:

从字迹和文笔,怎么看也看不出你是一个十二岁的小女孩。

年龄并不重要,身心成熟的话,也避免不了谈恋爱。和你同班的那个男孩子,也大不了哪里去吧,已经是玩家了,真厉害!

你们谈谈恋爱好了,我是指真的"谈谈",要是有肉体关系的话,他会被抓进监狱。你不替自己着想,也要为他打算,如果你爱他爱得够深的话,切记切记!

在你们的年纪,恋爱、分手、恋爱,只是一种见识,英国人叫做"小狗的爱情(Puppy Love)",一定不会持久的。你当然不相信。我和你打赌,你可以把这封信保存下来,然后把它贴在天花板上,一两年后打开,必定灵验。

从你的形容看,这个小男孩很有个性!人家说他是玩家是人家的事,我倒认为他没什么不对;和你恋爱,也答应过你,从来没有玩弄你,是喜欢你,可见他的诚恳。得知你又喜欢另一个男孩,当然要"扔掉"你了。错在你身上,与其说他是一个花花公子(Playboy),不如说你是Playgirl。

他越想放弃你,你越要抓住他。这不是爱情,这是斗气。

为了思念一个人而荒废学业,这证明你还没有资格玩爱情游戏。我小时候也在学校谈恋爱,但书照读,成绩照样是Ａ,大人又奈我何?你如果能做到这一点,我想这个男孩会佩服你。为了你,他会努力争取,绝对不会那么轻易放弃。

祝好!

蔡澜　上

你不是爱上一个人,而是爱上几封信

你可以通过书信爱一个人,也能够通过书信爱几个、几十个、几百个人,反正只是通通信,道理是一样的。

蔡澜先生:

你好!有些感情问题,希望你能解答。Thanks!

先说清楚我和亚文的性格吧!我觉得自己的性格比较古怪,每当有追求者第一次追求我时,不出意外我会拒绝(但追求者是我喜欢的类型),而当他们第二次追求我的时候,我便会接受。这是什么心理?我是不是很古怪?

至于亚文,他很要面子,不喜欢向人倾诉心事,时常将心事收起,所以别人很难明白他。怎样才能令亚文将心事说出来?

再说回我与他如何相识吧!事实上,他是我哥哥的同学。他在半年前对我展开追求,写信问我喜不喜欢他(我们有书信来往)。但自从我接受他后(我只是口头上接受了他),彼此没有见过面,也很少通电话,只是凭书信保持联络。于是,这段感情渐渐地由浓转淡。

终于,我在两个月前向他说清楚。我在信里说不能接受不见面的恋爱方式,并诉说我对他的不满。他没有回信。他为什么追完我后不约我上街?他是否真的喜欢我?他为什么不回信?

我现在很挂念他,很想和他在一起。我曾试过打电话给他,他说:"没有空。"我只好挂线,现在我应该怎样做才能令他对我拾回信心?他究竟想不想和我在一起?

希望你能尽快解开我的烦恼。十万个 Thank You!

祝工作愉快!

仪　上

仪：

你显然是一位无知的少女，有所矜持，追求你的人到第二次你才接受，这是正常的，一点儿也不怪。

就算这个人是你喜欢的类型，第一次就贸然地答应人家，总会觉得不值。这个不值的观念会随着时间改变，等到你三十八岁还嫁不出去的时候，别说第一次，半次也会立刻跟人家跑，请放心。

女孩子有矜持，男孩子也会有高傲的表现。我在亚文这个年纪的时候，也不大肯把心事告诉别人。把自己弄得好像很复杂似的，尽管心里寂寞得要死，但绝对不表现出来。现在想起来，我很笨。

啊！你的例子，不是爱上一个人，而是爱上几封信。这多可爱！当今世上有这么纯洁的爱人方法，太伟大了。

两个人只是通信就爱上，是怎么爱的？单是问问你爱不爱我、我爱不爱你，就可以爱上。你自己说这是不是爱，你问问你自己：这说得过去吗？

如果答案是肯定的，你们的确能以书信谈爱情，一直没有牵过手、搭过肩。如果这就是爱的话，那么请你继续爱下去吧！所受的伤害，不会太大。

你很想他，这我能理解，你从来没有爱过一个人，不知道爱是什么，所以你通过一个纸上的人也能感到满足。祝福你。试试看多交几个笔友吧！你可以通过书信爱一个人，也能够通过书信爱几个、几十个、几百个人，反正只是通通信，道理是一样的。我可以预言，你们这一段感情一定没有好结果。

他已经明说没空见你，你就放他一马吧！你应该怎么做？应该多读一点儿书，多做做运动。或者，依你的单纯个性，到教堂和寺庙去吧！也许只有神明救得了你。

祝好！

蔡澜　上

想呀想呀,就以为自己爱上他了

> 你不是第一个这么笨的人,和你一样,思春的少女个个都是听人家讲讲,就爱上对方。

蔡澜先生:

你好!我有些感情问题希望得到你的指教!

我是一位中二①升中三的学生,现在是一名乒乓球校队队员。在

---

① 中二:香港的中一、中二、中三、中四、中五,分别对应内地的初一、初二、初三、高一、高二。在香港,会考过关后会升到中六、中七。

中一那年，每逢星期二放学，我们都会进行乒乓球训练。某一天，当我如常进行训练时，突然来了一伙我不认识的男同学。他们其中一个人问我，觉得A（他们当中的一位男同学）漂不漂亮。碰巧当时我心情不错，便笑着说："不漂亮。"接着那男同学对着A说："她笑，就是喜欢你啦！"我笑着回答说："不是呀！"然后，他们便走了。之后那几天……那群男孩子每次见到我，都提起A的名字，弄得我原本不知道他的名字，现在也知道了。

虽然我不认识他，也没有和他说过一句话，但不知为什么，渐渐地，我对他有了好感，还爱上了他。我很希望能和他说话，但又不知道说什么好。最初，A的朋友做这些行为（在我面前常常提及A）是暗示什么呢？是暗示A喜欢我，还是戏弄我？我真的不明白。

我为了这事哭个不停，我真的很爱A！若没有人为我解答这个疑惑，我就要精神失常了！

真的万分感谢！

阿儿　上

阿儿：

我们在上初中的时候，也很喜欢向女同学说：某某人爱上你。

虽然，有时候是自己喜欢的，但却要拼命说是某某人，结果弄得没有着落，连红娘也做不成。

幼稚无知的年代，我们都有过，我们都经历过。现在回想起来，当年的确是愚蠢得很，却也不是什么大的过错。

有人问我，如果让我再活一次，我愿不愿意？我的答案是愿意，但是有一个条件：要是重复年轻时的笨蛋行为，那我不干；要多活一次，就得有现在的智慧，这才有意思。

你的问题很简单，是你自己弄得太复杂，但是我现在叫你不要那么复杂地去想，你也听不懂，也不会这么做。因为我有过和你一样的经历，当时我求救之人也以同样的答案告诉我，我却叫他快点儿去死。

你为这件事哭个不停，快要疯了，这我很理解。你要我为你解答问题，如果我回答了，你也会叫我早点儿去死的。

放心吧！你不会疯的，你每晚哭，是因为你自己喜欢哭。不为这件事哭，也会为别的事情哭。

哭对于你，是一种享受，绝对不是病。而且，哭多了，刺激泪腺洗干净眼球，对健康很有帮助。

因为你从来没有喜欢过一个人，所以同学一直向你提 A，你便会不知不觉地日夜想他。想呀想呀，就以为自己爱上他了。

你不是第一个这么笨的人，和你一样，思春的少女个个都是听人家讲讲，就爱上对方。只是，中间有些聪明一点儿的，会选一个样子较好的来以为爱他，笨一点儿的，阿猫阿狗都照样以为不误。

没有所谓暗示 A 喜欢你或是在戏弄你，这只是一场游戏，玩得没什么创意，倒似白痴。你要是相信了，自己也变白痴。别再哭了，令父母伤心，值得吗？

祝好！

蔡澜　上

爱上一个大叔,预留五年时间

和比自己年龄大一倍的人恋爱,例子多的是。现在这一分一秒,世界上至少有数十万个类似的例子在发生。

蔡澜先生:

你好!我今年十五岁,但在爱情方面已有很多失败经历。让我闲话少说吧!

今年,我认识了一位年龄足足大我一倍的男人,我不但被他的一举一动吸引着,还爱上了他。可能因为以往向人家表白均被拒绝,害怕再次出现相同的结果,所以我从没想过向他表明心意;又或许我明白和他是没有发展可能的吧!我竟然爱上了一个年龄上可以做我爸爸的男人,是不是很傻?然而,我真的很喜欢他,我是不是很矛盾?

我记得某次和他聊天时,他曾说:"我始终觉得你思想幼稚,可能我和你生活圈子不同且彼此年龄相差得太远吧!"这番话让我感觉到我不适合他,与他没可能成为一对儿。每当我和他走在一起或在电话里聊天时,他还会令我产生自卑感。从来没有一个人能令我自卑,但是他可以,他真的很有本事。在自卑感作祟下,我更加发愤用功读书,因为我认为把书读好,可以减少我对他的自卑感,也可以让他觉得我是一个好女孩。

我妈妈知道他是谁,也知道我喜欢一个大我那么多的人,但她并不介意,更祝福我有朝一日可以与他成为一对儿。但不知为何,我每次都答道:"我想都没有这样想,他若考虑让我做他的女朋友,我就已经偷笑了。"但老实说,我很想和他在一起,我和他有可能吗?

蔡澜先生,请你教我怎样做。

Polly 上

Polly:

怎么会不可能呢?

和比自己年龄大一倍的人恋爱,例子多的是。现在这一分一秒,世界上至少有数十万个类似的例子在发生,绝对是正常的。

但是,如果你还爱对方的话,千万不可以主动献身,万一这个男人把持不住,和你发生超友谊关系,那就犯了"与未成年少女发生性关系"的罪呢!

柏拉图式的精神上的爱,是可以接受的。他口中说你幼稚、生活圈子不一样、年龄相差太远,也许是反话,他喜欢你也说不定,不然何必和你废话连篇?

你父母当然也没有什么理由阻止你去爱他。你为了减少自卑感而肯上进,拼命充实自己,再好不过了。

你妈妈心里也许会说:"不是喜欢这个人,就是喜欢娱乐明星了;反正在这个年龄总要喜欢这个喜欢那个的,能找到一个可以鼓励女儿上进的人,好事一桩!"

你想和他在一起，是什么意思？

想他抱着你，抚摸你？

要是你有决心，一定做得到，男人最难抵挡一个少女的爱。

你要我教你什么呢？好，答应你，就教你几招。

先定下一个五年计划：

第一年，与他只在电话中聊天，就算达到目的。

第二年，他和你吃吃饭，带你去看看电影，目的也达到了。

第三年，他带你去舞会，和你第一次有身体接触，只搂着你的腰。

第四年，送你回家的时候，让他在你的额头上吻一下。

到了第五年，你可以做任何事，只要你想象得到的，都让他做好了。再疯狂，也不会被警察抓去。

祝你成功！

蔡澜　上

是否喜欢你?你感觉不到吗?

平时互望,有时避开对方的眼神,没什么嘛!难道要强吻对方?

蔡澜先生:

有一个问题已经困扰我两年了!想向你请教。我是一个念预科的学生。我想知道他所做的一切是否在暗示喜欢我?

一、他曾送过一件很不起眼的东西给我。有一天,他想看看它,便去我的笔袋里找。可是我没有把它放在笔袋内,他问我是否不见了。

二、当我哭时,他问我的朋友我为什么哭,是谁让我哭。

三、我没有上学,他会问我的朋友,又会忽然说:"她为什么没有上学呢?"

四、有一次,我们一大群人外出烧烤,他问我可不可以跟他合照。

五、他曾在我的朋友面前说我可爱漂亮!

六、有一天,天气很冷,他问我冷不冷,为什么不多穿些衣服。同行还有几位朋友,他也认识,但只问我一个。

七、他十分关心我的学业成绩,每当我的成绩退步时,会问我为什么会这样。相反,若我的成绩进步了,他会称赞我。

八、他知道我的偶像是谁,常跟我谈起他,又问我偶像重要还是读书重要。

九、有两次,我打电话给他,问功课上的问题,他都挂断别人的电话解答我的问题。

十、有好几次,我们四目对望,但有时又都会躲避对方的眼神。

十一、他有时会拍拍我的头。

其实还有别的事，就不写出来了，有以下问题想问：

他是不是喜欢我？

他会不会当我是一个小女孩？

我要不要向他说出我的感受？

有什么方法可以知道他喜不喜欢我？（除了直接问，因为我是一个很害羞的人。）

PS：他是有女朋友的，但我知道他不常与女友见面，因为他的女友很忙！我的一位朋友说他不可能喜欢我，也有很多人说他喜欢我，但都认为我们没有发展机会！（具体是因为一些小原因，但我不想说。）

祝万事如意！

仪　上

仪:

一个问题困扰了你两年,你现在问我十一个问题,不会是困扰了你二十二年吧!

回答你的问题:

一、我也常送东西给人,但是我不会拿人家的笔袋或皮包来找,这个人有毛病。

二、你哭,他要问才确定你是不是真的在哭,这个人的反应相当迟钝。

三、你没上学,他要问别人才知道,为什么自己没注意到呢?要问人家什么原因没上学?直接问、随便问、自然大方地问,我都能理解,但"忽然"问是什么鬼,为什么要"忽然"呢?

四、问你可不可以一同合照,不是什么大不了的事。

五、他在人家面前夸你漂亮、可爱,很平常嘛!除非你不这样觉得,认为他在说反话。

六、天气冷,问人有没有多穿一件衣服,这似乎是妈妈的台词。

七、这又是抢老师饭碗的台词。

八、偶像重要还是读书重要?语气像神父。

九、为了你，他挂断别人的电话，你亲眼看到吗，还是他故意告诉你的？

十、平时互望，有时避开对方的眼神，没什么嘛！难道要强吻对方？

十一、拍拍你的头？他算老几？头可以随便让人家拍吗？

再回答你没有标明题目号码的问题：

他是喜欢你的，这还看不出？你是不是明知故问？

会不会当你是小孩子？他也在上学，并不是老师，比你大不了多少，自己是个嘴边没毛的小子，还能当别人是小孩？

是的，你应该向他说出你的感受。除此之外，没有其他办法。你又不想说出你们没有机会在一起的原因。要我猜，是吗？太辛苦了，我不肯猜。你自己解答吧，因为你信中自问自答的地方很多，让你一个人包办好了。

祝好！

蔡澜　上

爱人,总比被爱痛苦

宁愿等别人爱你多一点儿,好过你爱人太深。

蔡澜先生:

我马上十五岁了,读中三。在中一时遇到一个叫阿耀的人,我被他那"鬼仔"的外貌所吸引,并深深爱上了他。他是校内的篮球队队员,每逢校内有球赛举行,不管第二天要测验还是考试,我都会去给他打气。我明知道自己配不上他,却控制不住地爱上他。直到中三这一年,他对我说不会喜欢我。当时的我很伤心,但我一直都没有跟其他人说。

后来我认识了另一个男同学阿威。自从与他熟络之后,有人便开始说他喜欢我。每当有人问他是不是喜欢我时,他总是笑而不答。不过,他的确对我特别好:经常在午餐之前问我要不要汽水;放学在车站碰上时,又会主动替我付钱;在上英语课时,刻意调位坐在我的旁边⋯⋯以前没有一个男孩子对我这么好,我不知怎样才好,但他从没有向我表白过。

到中三时,我和他不再是同班同学,自那时起我和他开始变得疏远,有时见面会说句话,有时甚至连招呼也不打。最近听说,有个女孩子喜欢他,我感到很不开心。不开心的原因,是因为有人喜欢他,也怕他不再喜欢我。

直至今天,我仍不停地问自己究竟最爱谁,但我找不到答案!我好像还很希望阿耀会后悔他对我所说的话,又好像喜欢阿威。你能帮我解答以下问题吗?

一、阿耀会喜欢我吗?
二、阿威有没有爱过我?
三、我的最爱是谁?

四、阿威会追我吗?

五、阿威会喜欢他的同班女同学吗?

六、有什么方法可以知道阿威喜不喜欢我?

七、有什么方法可以知道一个男孩是否对自己有意思?

因为我从未恋爱过,所以对爱情的事不大明白,希望你不要怪我。

心急人　上

心急人：

你还不到十五岁,当然有许多烦恼,这是正常的,不必太心急。如果你的问题今天解决不了,还有大把机会去领悟。

本来,教像你一般年纪的人,应该从头慢慢开导,但是我相信你是一位聪明的女孩子,就让你跳级吧。一下子,我告诉你一个大道理。

大道理是,爱人,总比被爱痛苦。
换句话说：宁愿等别人爱你多一点儿,好过你爱人太深。
阿耀的例子是你爱他。
阿威的例子是他爱你。
这根本就不必选择,当然是接受阿威好。

为了爱一个人,你会拼命去奉献、牺牲,辛苦得要命；让别人来为你奉献、为你牺牲,这多舒服！说到这里,你应该有点儿头绪了吧！

回答你的问题：

一、阿耀不喜欢你，这是他亲口说的，再清楚不过，你要是还不明白，那么这封回信不必再读下去，读下去也是浪费时间。

二、有。照你的来信所说，他是爱你的。要是在他的年龄还不知什么是爱的话，至少他喜欢你，至少他对你有好感。

三、你爱的是一种经验，你要再过十几二十年，才能知道爱的真谛。

四、阿威还在追你呀！

五、要是你一点儿反应也没有，阿威当然会喜欢他班里的女孩。阿威也像你一样。阿耀不理你，你才会注意到他。你不理阿威，阿威当然会注意其他女孩了！

六、直接问他好了。

七、办法很多，比如他是不是一直看着你，他是不是听你一句话就马上去做你要他做的事，等等，数之不尽。

我不会怪你，我只是担心我说的话进不到你的脑子里。

祝好！

蔡澜　上

爱一个人就勇敢去爱吧

爱一个人就勇敢去爱吧,别想太多。你爱对方,不等于对方也爱你。可以不管对方,好好享受自己的感觉。

蔡澜先生:

你好!希望你能了解我的心情!

我是一个十七岁的女孩,在两年半前,我爱上了一位男同学。

他给我的感觉是活泼开朗,充满阳光,待人真诚。

而我也是一个开朗的人,在朋友眼中是一个"开心果",永远快快乐乐的!但是,我也有烦恼不安的时候。

在我开始喜欢他的时候,他已有了一个女友,恋情开始不到三个月。而且,他的女友也是我的朋友。

这个秘密我没有对别人说过，直至年前的一个晚上，我才告诉我的一个好友。我明白，我是没有可能拥有他的（他与她恋爱已将近三年），但我仍然心存那种"终有一天感动你"的想法。

他知道我喜欢他，但他面对我时没有什么特别的态度，也没有尴尬的表现，就像普通朋友一样。曾有朋友问他，知道我喜欢他时有什么感觉。他只说了一句："不知道！"

我明白感情不可以勉强。在这两年中，也有别的男孩追求我，但我始终没有接受。他们对我真的不错，至少让我感觉到他们很有诚意。

但我是一个做事不会拖泥带水的人，所以我很决绝而坦白地一一拒绝了他们！虽然我清楚地告诉他们，我爱的不是他们而是另有其人，但他们直到现在仍心存希望。

有时，感觉自己有点儿"犯贱"。他不爱你，你偏爱他。别人爱你，你却拒人于千里之外！

朋友也常劝我"放弃吧"，但我仍然不死心。

是否是沉迷、自寻烦恼呢？但我直到现在还很爱他！是真的。

或者如歌中所唱"爱不等于占有"。就这样祝福他？

希望你能给我一点儿意见，我要不要心存"终有一天感动你"的想法？

祝安好！

童　上

童:

我当然了解你的心情,你经历过的,在我的人生中发生过不少次。而我也一定要了解你的心情,才有自信回复你这一封信。

十七岁的女孩,爱上一个人有两年半时间,说明你是在十四岁半的时候开始单恋的。这不算太早,我当年十三岁已在谈恋爱了。

你说你爱的人很开朗,而你也是一个很开朗的人。但看你的来信,好像不是十分开朗。个性开朗的人很容易忘记痛苦,我希望你能做到。希望我以下这番话,会对你有所帮助。

首先,我赞成你一直等下去。
但是等人之余,不妨娱乐自己,一面交新朋友,一面等。个性开朗的人会这样做的。

有一个成语叫"乘虚而入",男人的感情也很脆弱,你只要耐心,也许有一天,当他寂寞的时候,会用不同的眼光看待你。
其次,你尽量地亲近他好了,但是不要有任何要求。逆来顺受,永远地奉献,他就不会觉得你烦。

如果你太急、太贪心,那么会弄巧成拙,他会觉得你是一个纠缠不清的女孩子,迟早讨厌你。

人类的心底总有一些虐待和被虐待的感情潜伏着。做人"犯贱"是很普遍的事。你所做的事很正常,不必责怪自己。

爱一个人就勇敢去爱吧,别想太多。你爱对方,不等于对方也爱你。可以不管对方,好好享受自己的感觉。

"爱情不等于占有"这句歌词是得不到爱情的人,为了安慰自己而讲的。天底下哪会有一个那样的大笨蛋。

祝好!

蔡澜　上

爱上我的钢琴老师

> 你现在所谓的爱,是你脑中的幻想;你所谓的烦恼,也是你脑中的幻想。先把幻想变成事实吧。

蔡澜先生:

你好!我今年十六岁,现在有很大的烦恼,希望你能帮忙!

正如很多早熟的少女一样,我也一直都想尝试恋爱的滋味。学校里有很多人追求我,有一个男孩子给我写过很多张字条,想约我逛街。他是很多少女的梦中情人,高大、帅气,今年十九岁。另外,在其他朋友的介绍下，我认识了一个大学生。他人很好，常常主动约我外出游玩，可是我对他完全没有感觉。我一向都是奇怪的人，平日与女孩子可以很投缘，玩得很高兴，在她们眼中我是一个很和善的人。可是在男孩子眼中，我却是一个冷冷的女孩，平时也会尽量避免与男孩子接触。

不知为何，我对一些年纪和我差不多的男孩子有一种讨厌的感觉；可能在小学的时候那些男孩子常常取笑我、捉弄我，所以我一直都很讨厌男孩子，不想与他们有任何接触，却会对年纪较大的男人有好感！

大约两年前，当时的教琴老师（女老师）移民外国，所以介绍了一位男老师给我。我第一眼看见他就很喜欢他（只是普通那种喜欢，不涉及爱情），他不是高大英俊的模样，可是我觉得他很吸引人。他的声音很动听，人很风趣，对我也很好，我真的很喜欢他。我发觉自己渐渐爱上了他。平日上课的时候，他通常都坐在我身旁或者弯腰教我，每一次我都感觉自己脸红和心跳加速。每一天我都盼望可以看见他，和他有所接触。

到现在已经两年了，我仍然觉得自己十分爱他，我不敢和其他人倾诉，更不敢和家人说。这位教琴老师已经三十四岁了，大我十八年，我知道他一定不会看上我这个少女，我们相差太远了。如果家人知道，一定反对，也一定会把他辞退。我尝试着与其他男孩子约会，可是完全不能接受他们。蔡澜先生，请问：

一、我是不是有问题？
二、忘年恋能不能被接受？
三、现在的我应怎么办？

多谢你的帮忙！

读者盈盈　上

盈盈：

先回答你的问题：

一、你绝对没有问题。

二、忘年恋绝对可以被接受。

三、你现在应该怎么办？啊！这是我们以下要研究的了：

少女的梦中情人和大学生，都不是你的"菜"，因为你的思想已比较成熟，梦中情人已经是你的弟弟辈。我最近曾到大学演讲，看到许多大学生都还是小孩子，他们所问的问题，有些很好，有些很幼稚。大学生没有名衔那么"大"。

对年纪大的男人有好感，不排除"恋父"情结，但这类人毕竟是少数。大部分情形是我刚才所讲的，是思想成熟之故。

关于这位钢琴老师，你在信中没有提及他是否结过婚。未婚的话，事情好办，你喜欢他就喜欢他，没错，不必烦恼。你虽然只有十六岁，但已有谈恋爱的资格。

大你十八岁也不是一个问题，如果大你五十岁，你再开始担忧吧！

你没问他，怎会知道他爱不爱你这个少女呢？男人喜欢比他们年轻的女孩子，是很正常的事。你既然对其他男子没有兴趣，那么不妨试试追钢琴老师这一条路。你试试看，也许会发生奇迹。你还没试，就担心家人会反对，是不是多余？

如果这个男老师已经有老婆，那才会棘手。不过，你们的这种恋情，很可能只是人生的插曲，成功的例子只有千万分之一。爱了，分手了，再爱，又分手，似乎是决定性的路途。你一生之中将会遇到你更爱的人，别把事情看得那么严重。

我这句话不会错：你现在所谓的爱，是你脑中的幻想；你所谓的烦恼，也是你脑中的幻想。先把幻想变成事实吧。

祝好！

蔡澜　上

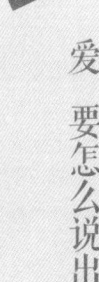

爱 要怎么说出口

美丽的女人,并不能对寂寞免疫

一个美丽的女人,并不是一个可以对寂寞免疫的女人。再漂亮的女子,在最寂寞时被丑男猛烈追求,也会冰销雾散。

亲爱的蔡澜先生:

爱情会带来许多烦恼,但没有爱情却是一个更加令人苦恼的问题。

小弟今年已二十五岁,但从未谈过恋爱,又没有勇气追求女孩子,只能怪罪自己太内向。

两个月前,公司来了一位新的女同事,由于工作上的合作,我们常有接触。

她是一个开朗直率的女孩,几乎与每一个同事都谈得来。我与她性格不同,但觉得自己喜欢她。与她聊天很开心,话题除了电影外,还会讲自己以前的经历和现状。

她实在很吸引我。她很漂亮,公司的男同事都这样觉得,我相信喜欢她的人不止我一个。

她与男友分已手已半年多,虽然那个男人仍会约她,但她说已不再喜欢他了,他们只是普通朋友。

我的样子很普通,工作也没有什么突出表现,我觉得自己没有条件做她的男友,但又无法自拔地去想她。每天,我会很注意她,又怕被她的目光碰到,总之心卓忐不安,不知怎么办才好。

曾有一次,我鼓起勇气约她看电影,但她说已约了朋友,之后我便不敢再单独约她了。虽然我们仍然很谈得来,但她是否知道我在暗恋她呢?

蔡澜先生,我该如何是好?我有想过换工作,但又觉得自己没必要这样做。究竟有没有办法让她知道我的心意而又不致尴尬呢?请先生教我如何博得她的芳心。

谢谢你,烦请尽早解答我的疑问。

　　　　　　　　　　　　　　一个没勇气的人　上

一个没勇气的人：

倘若爱情不带来烦恼，那就不叫爱情，叫理所当然的交配。

二十五岁还没有恋爱过的例子很多，你不是第一个，等到三十五岁还没恋爱，再担心也不迟。

我一直说，长相和做人，对恋爱和婚姻起不到阻止作用。人有缘分这一回事，到了，自然有婚嫁发生。天下丑男丑女居多，只因长相就嫁不出、娶不到的话，人类可能会绝种。而且，看周围的朋友，俊男多数娶个丑女，美人嫁武大郎的例子也不鲜见。如果你要怨自己的长相不如人，不如下决心多赚一点儿钱。

性格不同的男女在一起才幸福。太相同了，常常会互相残杀，或者一同跌入地狱。我有些朋友喜欢乱花钱，他们做了夫妇后每天为钱吵架；也有一些守财奴夫妇，每天吃公仔面，葱都不加一根，结果一同痛苦。

一个美丽的女人，并不是一个可以对寂寞免疫的女人。再漂亮的女子，在最寂寞时被丑男猛烈追求，也会冰销雾散。

美丽女子，一定有一两个或数十个"过去"，只要把握住"现在"，就有机会成功。有一些男人在美女得手后，便开始妒忌她们的"过去"，这种男人应该打入十八层地狱。

做人至少要有一点点自信，不然早点儿去跳楼。你觉得自己平凡，不过你承不承认自己也是一个人？只要是人，就有权追求对方，请人家看电影。被人一拒绝，便以为是绝望，这种态度不对。请记住，以后约人，人家不出来，你便说："下次吧，这次我约，有空的话，下次由你约我。"记得要留条尾巴。

何必为这种小事换工作，这个世界上的女人都死光了吗？

祝好！

蔡澜　上

女人需要安全感,大胆去爱

> 女人的生命总有寂寞的一刻,这时你便可以乘虚而入。许多美丽的女人都嫁给丑丈夫,只因为他们能带来安全感。

蔡先生:

你好,小弟今年刚中五毕业。我有一些爱情上的疑难,希望蔡澜先生能为我解答。谢谢!

在我中四开学之后一个礼拜,班里转来了一位女生。当我第一眼看到她的时候,就被她吸引住了。因为她实在太漂亮了!自此,我就喜欢上了她，直到现在。真是傻瓜！

她是一个人缘极佳的女孩子，几乎每一处都有她的同学、朋友，而且成绩也很好；而我的成绩就……唉！虽然我们是同学，但是我同她很少交谈。因为我实在害怕！而且，我不知道和她说什么好。她一和我说话，我就很不自然，不知所措。

其实在班中，喜欢她的人不止我一个。我的老友对我说，她已经有了男朋友，而且是我们班的同学，只是他们两个都否认。

我的样子平凡得很，没有她的男朋友英俊。读书又没有他们两个那么好，我觉得自己根本没法和她男朋友比，没有资格做她的男友。但是我又很喜欢她，每晚都想起她。虽然我曾经想过主动找她，但又不知道和她说什么好。而且再过几个月我可能要去国外读书，到时连见面的机会都没有。我真的不知怎么办才好！

蔡澜先生，请你给我一些意见吧！谢谢你。
祝好！

一个无胆的人　上

一个无胆的人：

看到漂亮的女孩子，喜欢上她，一点儿也不傻瓜。如果你自己先认为自己是傻瓜，那么做什么都傻瓜。

要记得一点，不管自己的条件如何，我们都有权追别人。当然，人家也有权拒绝我们。一切是公平的。

样子平凡，没有别人英俊；书又没读好。这都不是问题。

世界上有一种叫"黐人"的技能：无时无刻地跟着她，对方要求的任何事，毫无条件地完成，做牛做马也要完成。

女人的生命总有寂寞的一刻，这时你便可以乘虚而入。

许多美丽的女人都嫁给丑丈夫，只因为他们能带来安全感。

在我认识的美丽女人之中，十个至少有五个是嫁给这种人。

所以说，付诸行动，就有一半的成功率；不行动，机会等于零。

你如果一直抱怨自己比不上别人，那只有眼巴巴地看着心爱的人跟人家走，多可怜！试试大胆地去追求，一次不成功再来一次。等到有一天，她说永远不想再见你，那时再死心好了。至少，你可以向自己有一个交代：我试过。

过几个月你就要去国外念书了,还不趁机会试试?到见面也不可能的时候,你更会恨自己的无能,一直后悔。这值得吗?

你没胆?我给你。我浑身是胆,分点儿给你毫不损失。

不过,话说回来,你这时候的恋爱只是一个开端,到了国外,遇到的女孩子更多,你会惊讶当时居然会为一个女子那么烦恼。但是,连目前这一个都没有胆量放手去追的话,再多一百个也是枉然。

祝好!

蔡澜　上

完完全全地忘记她

  雌性是最绝情的动物,一旦下定决心走,绝对不会回头看你一眼。

蔡澜先生:

  你好!虽然我住在很远的地方,但我始终留意你的专栏。客套话不多讲了,希望你可以帮我解决烦恼。

  我今年二十二岁,前年重遇我的初恋情人。虽然大家分开了五六年,但再遇见后,彼此又有了爱的感觉。虽然那时我已有女朋友,但我发现自己还是深深地喜欢她,所以选择了与她复合。我不知道这是否算花心多情,只知道自己爱她多过爱当时的女朋友。

我和她分隔两地,只靠电话、通信联络感情;当初我们都对对方很有信心,都很珍惜这段感情,但她的父母反对我们在一起,因为我没有事业基础,而她又是一个非常孝顺父母的人,故令她经常左右为难。我只有勤奋向上,建立事业基础,才能令她父母对我改观。可惜,自从她重返校园继续学业后,问题就出现了。我发觉她对我冷淡了很多,我前去见她,反而出现更多问题,最后她向我提出分手。我尝试劝她不要离开,但无效,我只有伤心地走了。

回港之后,我不断提醒自己要忘记她,但是越想忘记却越会记起;离开了她,但离不开对她的思念,不知道这是不是痴情?我觉得这是一种折磨。这件事烦恼了我几个月。我一直希望她能回心转意,没有她的日子,生命像是没有了目标。我想,她还是喜欢我的,可能她父母给她的压力太大了,但她怎么能就这样牺牲这段感情?蔡澜先生,我是否要完完全全忘记她呢?

Simon 上

Simon：

你今年二十二岁，减掉你和女友分开的五六年，那么爱上初恋情人时，你才十六七岁。她父母嫌弃你没有事业基础，十六七岁的人谈何事业基础？真是矛盾。

当年你十六七岁，你的女友也就是十四五岁吧！她起初爱你，后来对你冷淡，是很自然的事呀！向你提出分手，更是必然的结果。

既然对方下决心要离开你，你还纠缠不清干什么？这不叫痴情，而是不识趣。人家变了心，你还希望她回心转意？你知不知道，雌性是最绝情的动物，一旦下定决心走，绝对不会回头看你一眼。

你想她还是喜欢你的？这只是你想，事实上，从你的来信看，她一点儿喜欢你的迹象也没有，你有什么可以证明她还是喜欢你的？

没有了她，生命便没有目标，这也是你自己想出来的。做人总得活下去，没有目标也照样一天一天地过，所以没有目标并不要紧，要紧的是怎样一天比一天活得更快乐。

你既然有了新的女朋友,为什么不多去发现她的好?如果这个不行,再交第二个呀,交到一个你认为满意的、比那个初恋情人更好的为止。

是的。我会肯定地回答:完完全全地忘记她。

如果你还是怀疑她放弃你只是因为她父母施加的压力,那么再给你其他意见也属多余。

祝好!

                蔡澜　上

这世界上没有比女朋友有男友更难过的事

我年轻时，一个女友也告诉过我她爱上她的教授，但又忘不了我，要我等她。我说去你的！说完便上路，认识了很多女孩子，日子过得逍遥快活。

蔡澜先生：

首先感谢你读我这封信。

我是一个在美国留学的学生，最近放假回港，但这个假期过得并不开心。

半年之前，我报读了一个暑期英语班进修英语，因而遇见了她。最初，我并未留意她，因为自己一直比较注重学业。但随着见面次数多起来，我发觉自己已渐渐爱上她。不过，由于不够胆量，加上课程又刚刚完结，故没有主动接近她。

今年，通过一个偶然的机会我查到她的电话。可惜自己又即将赴美国读书，当时心想就算临走前找到她，将来她还是会忘了我。不过，我最终还是在走之前半个月约她出来了，告诉她我要出国，并与她看电影、逛街。虽没有进一步表示爱意，但相信她已知道我喜欢她。走之前两晚，我致电到电台向DJ说我喜欢她。事后我问她是否听到，她说有，却没有什么反应。我启程那天，她没有空不能来送机，我也并没有介意。

在美国，我几乎每星期写一次信、打一次电话给她，虽然等了很久才收到她一封短短的回信，但我已很开心！

这次放假回港，她却告诉我她早已有男朋友，以前没有告诉我，是因为担心影响我的成绩。她还说现在告诉我，是不想欺骗我，但随即又说和男友可能即将分手，因为她男友只把她当妹妹。我不知她这样说是什么意思，是表示我仍有机会，让我等她？我不知道该怎样做。

你可以告诉我怎么办吗？最重要的是，我仍然喜欢她，我应该等她吗？

祝工作顺利！

Gary　上

Gary：

你的问题简单得不能再简单了。

你爱上一个女孩子,她认识另一个男的和他恋爱;你一直痴情地缠着她,她的男朋友却又当她是妹妹不爱她。她也不知道有没有机会,仅此而已。

你真是可怜!但是别埋怨。这世上,像你这种不幸的例子每天都在发生。千千万万的人和你同一命运,你有很多同伴。

答案也很简单:你认为要等就等,不必等就不必等。

你问我的意见,我会说一面等,一面交新的女朋友。美国的女孩子长得又高又漂亮。你不与她们交往,就不会知道她们的好。

这世界上没有比女朋友有男友更难过的事了。这女人也太幼稚,即便有男友,告诉你干什么?要是她还想挽留你,就应该隐瞒事实。

我年轻时,一个女友也告诉过我她爱上她的教授,但又忘不了我,要我等她。我说去你的!说完便上路,认识了很多女孩子,日子过得逍遥快活。

要是当年我一直等,这些愉快的经验都会失去,值得吗?

再想想你是怎么爱上这个女孩的,也不过是如你所讲:起初对她并不留意,慢慢地才爱上她。

难道对别的女孩就不可以"起初不留意后来慢慢爱上"吗?

你要我教你怎么办?我会说以事业为主,工作最能发挥男性的魅力,女孩会被这种魅力所吸引。不相信?试试看。

祝好!

蔡澜　上

给自己机会,多尝试一次恋爱

你给自己一个机会,多尝试了一次恋爱,这是你想得开的起步,恭喜恭喜。

蔡澜先生:

我是一个十五岁的女学生,希望您能帮我摆脱烦恼。

一年半前,我认识了一名男同学并喜欢上了他。他比我大两岁,正与一位同班的女同学恋爱。我自问比不上那个女孩,只好悄悄地暗恋他。后来,他与那个女孩子分手了,他的朋友告诉我他喜欢上了我,那时的我高兴得不得了。可是,我不确定他是否真的喜欢我,所以没有回应他。直到三个月前，我发现他竟与我的好朋友在谈恋爱。原来，由于我没有向他表示，他误以为我不喜欢他，于是放弃追求我。我俩就像游花园般兜兜转转，始终没能走到一起。

　　我曾想过放弃，但最后发觉自己喜欢他已到无法自拔的阶段。纵使这期间有三位男同学表示喜欢我，我都断然拒绝了他们。最近，他的朋友跟我说，他仍然喜欢我，他和我好友之间的恋情也忽冷忽热。与此同时，我最近也对一位比我大一岁的男同学产生了好感。

　　蔡澜先生，请您回答以下问题：

　　一、我那好朋友早知道我喜欢他，却与他恋爱，我还应该和她维持好朋友的关系吗？这算横刀夺爱吗？

　　二、如果他们分手了，他再向我表白，我应接受他吗？

　　三、我对那个大我一岁的男孩产生了好感，但他并没表示喜欢我，我应该向他表白吗？

　　四、我喜欢的那个"他"是一个花心的人吗？

　　祝好！

梦　上

梦：

　　当我读到在这期间有三个男同学表示喜欢你你都断然拒绝时，我以为只是一封"我爱人家，人家不爱我。另外的人爱我，我又不爱人"的信。

　　再看下去，你竟然告诉我，你对一位大你一岁的男同学产生好感。我觉得，你有救了。

　　你已经学会了"多爱一次"的秘诀，这在人生中是很管用的。

　　一般少女很"愚蠢"，死爱一个，烦恼便越惹越多。对这些人，我的意见永远是：爱或放弃，二选其一。不然的话，问题还会一直存在下去。

　　你和她们不同，你会思考。你给自己一个机会，多尝试了一次恋爱，这是你想得开的起步，恭喜恭喜。

回答你的问题：

一、你那女朋友早知道你喜欢他，但是你一点儿行动也没有，她以为你很大方，所以不能算是"抢"。即使是"抢"，也应该"抢"，爱情道路上不免要争个你死我活的，"抢"已经算是小事。争抢男朋友，是她的权利。她没有陷害你，你可以和她维持好朋友的关系。

二、如果他们分手，他再向你表白，你都不应该接受他。这个男孩子已经两次抛弃他爱的女人，会上瘾的，你若与他和好，下一个被抛弃的就是你。

三、对那个大你一岁的男孩，你只是产生好感，这样不错呀！尽管向他表白好了，免得重复你以前的失败。他没有表示喜欢你，你可以直接问他。要就来，不要就去。

四、这个问题已经回答过。是的，他是一个花心的人。你何必死守着一个呢？他向朋友表示喜欢你，你一直没有反应，他便立刻喜欢上你的好朋友，不是花心是什么？你还是放弃他吧！"可以放弃一棵树，别放弃整片森林"，三岁小孩都懂这个道理了，相信你不是白痴吧！

祝好！

蔡澜　上

胖绝对不是障碍,没有自信才是致命伤

爱,是抓破脸的。

爱,是顾不了自尊心的。

爱,是不知羞耻的。

亲爱的蔡澜先生:

我是一名十六岁的中五男生,自问非常害羞,从没主动和女孩子说过话,现有一个困扰了我两年的烦恼,希望蔡先生能为我指点一二!

两年前,我认识了一个女生,她样子可爱且文静,完全符合我心目中理想对象的要求。不知不觉间,我对她产生了好感。和她做过一年同班同学后,我发觉自己已经喜欢上了她,可惜没有胆量对她说。

这种暗恋维持了两年时间。虽然现在我和她不在同一班,但每当上学、午餐、放学的时候看见她,总会目不转睛地望她;独自在家中的时候,我也无时无刻地惦念着她,好像没办法不见她似的。我想请教蔡先生,我是不是爱上了她?究竟怎样才算是爱?

完成中五课程之后,我自问并没有十足把握升上中六,所以我能够看见她的日子将越来越少。朋友们都催促我向她示爱。虽然我和她认识已两年,但从未和她说过半句话,现在又怎么会有胆量向她表白?我是不是太没用?我不希望从此与她分开,我应该怎样做?

请蔡先生帮帮我。
谢谢!

肥孙　上

肥孙：

爱一个女人爱了两年，但一句话也不敢和她说，这叫不叫爱？
这不叫爱，这叫蠢。
你想做老处男？
没有胆量，是因为感情不够深。

爱，是抓破脸的。
爱，是顾不了自尊心的。
爱，是不知羞耻的。

试，机会一半一半。
不试，机会是零。
所以说你是笨蛋一个。
你那么怕羞，就注定一辈子只能做个老处男了。

害羞是年轻人的通病，有些还是天生的，这不能全部怪你。
害羞是可以克服的。先试一试，第一次表白被拒绝，当然羞到要挖一个洞钻进去。第二次被拒绝，那个要挖的洞就没有那么深了。

第三次被拒绝，不必挖洞了，随便找一个洞躲进去就是。第四次被拒绝，你会问自己："什么叫洞？"

这时你已练就金刚不坏之身，脸皮厚得像钢铁，屡败屡战，必定让你追到一个、两个、三个、四个。到最后，可能用一辆旅游巴士也装不下。

你自称肥孙，表示你可能因为自己偏胖而产生自卑感吧！

胖有什么不好？你看看洪金宝，原先有一个韩国老婆，离婚后又娶了香港小姐高丽虹。

问题是，胖归胖，你有没有洪金宝的本领？胖绝对不是障碍，没有自信才是致命伤。

这个女孩，除非你即刻和她讲话，不然就忘记她算了。自己努力，每天加油，别说"没有把握""考不上"这样的话。毕业后不眠不休地工作，赚大把钱，到时你不必开口，对方自会送上门来的。

祝好！

蔡澜　上

机会来了,一定要抓住

你在四年前遇到了一位帅哥,一见钟情,这是一件好事呀!坏在你太胆小了,不能怪别人。

Uncle Choi:

介意我这样称呼你吗?客气话不说了,但我想说出我对你的一点儿感觉。我一直关注你的文章,觉得你很嚣张,觉得你说的话有些尖酸刻薄,阁下同意否?与此同时,我被你那些不知是缺点还是优点的特质吸引着,令我有给你写信的冲动。

四年前，也就是我读中一时，我对一位帅哥一见钟情，经常不自觉地留意他。每当大家碰面时，我还会借故碰撞他。但很可惜，在那一年，我们没有机会交谈。就在一次偶然机会下，我终于能与他交谈，他当时用书桌挡我的路。一年后，我升班，而他离开了学校。不知是否是缘分，我与他重逢在同一幢大楼里（他最近搬到我居住的大楼）。每次他回校和老同学踢球，我们都会一起走路回家。在那一刻，我感到心"砰砰"地跳，我想我已经喜欢上了他。从前，我会觉得他很"冷"，但结伴回家之后，发觉这原来是一个错觉，真实生活里的他不但不"冷"，还有些风趣，又不失绅士的一面！从那之后，我对他更添好感，希望常常见到他。

但好景不长，近几次碰面，我都看到他拉着一个女孩的手（当时他也见到我）。我只好扮作若无其事，他也没什么特别表情，只是望着我。在那一刻，我的心里很难过，闷闷不乐。虽然我们一直都没向对方表示过什么，但内心却有些"你知我知"的感觉。而我到现在仍然在等他（就算明知没结果）。

我今年十七岁，从未谈过恋爱，当然想留下一个美好的初恋！我断断续续地喜欢他，可惜一直都是"暗恋＋单恋"。虽然女孩也可以追男孩,但我始终认为女孩还是要矜持些!

希望阁下为我指点迷津,发表一下你的伟论!

Thank You!

四眼妹　上

四眼妹：

叫我的名字好了，叫 Uncle 勉强可以接受。

你觉得我很嚣张，那是你的自由。为什么会给人这种感觉呢？可能是因为我讲的是我真实的感想，不加掩饰。我已经到了一个不必讲假话的年龄，奉承读者是一件很辛苦的事，我已没有气力去做，也不想做。

闲话少说。你在四年前遇到了一位帅哥，一见钟情，这是一件好事呀！坏在你太胆小了，不能怪别人。

与其劝你做这做那，不如给你讲个故事：有一次大水灾，一个女人爬到屋顶上等待救援，这时一个人划了一条船经过，要载她走。她说："不，我是一个诚实的信徒，我在等神明来救我。"第二艘船经过，她同样拒绝上船。第三艘船经过，她还表示要一直死等。结果，她被淹死了。淹死后的女人遇到神明，问："我一直在等你，为什么你不出现？"神明回答："我已经派出了三艘船，给了你三次机会，你还等什么，真是笨蛋！"

你就是那个等船的女人。你已经有机会到他班上，而且他拿一张桌子挡住你，不让你出去。这是你的第一艘船。在不同学校读书，却住进同一栋大楼，这是你的第二艘船。到最后，让你去和他恋爱，这是第三艘船。给你三次机会，你还等什么？真是笨蛋。

你要听的"伟"论，我已经全部发表了。不知道你那个硬脑壳听不听得进去。你今年才十七岁，交男友的日子多的是。有许多人十七岁已经要工作贴补家用了，你以为自己还很小吗？

蔡澜　上

距离不是恋爱失败的借口

年轻的男子，尤其是那些条件比较好的，会有一种莫名其妙的骄傲，把自己扮得非常冷酷。

蔡澜：

我一直很欣赏你对某些问题的见解，所以这次写信给你，把困扰我多年的问题提出来，希望你给予帮助。

三年前，我认识了阿文，当时只有十三岁的我对他一见钟情。后来我发觉他有很多优点，不知不觉地越来越喜欢他。我曾大胆地写了一封信向他表明爱意，不过他没有任何反应，也没有避开我，就像什么事都没有发生过似的。之后他的朋友阿辉对我说，阿文并非不喜欢我，只因我们住得太远，假如真的恋爱，迟早也会分开。知道实情后，我强迫自己死心，但是一直做不到。现在，阿文要升大学了，我将会和他住得非常近（因为他会住宿舍）。不过，我不知道与他有没有发展机会，因为他从没向我表示过什么。

他一直知道我喜欢他，以前他经常在假期出来见我，又曾对我说想在我家附近做暑期工，一切令我觉得他对我有意思。可惜听了阿辉的话后，我和他便少了联络。直到最近，我得知他报考大学后才见面多了。他差不多每次放假都会与我见面，我感觉到他对我很好，有时走累了，他会叫我坐下休息，又经常问我是否口渴、肚饿。可是他有时也会对我很冷淡，特别是和阿辉一起上街时，他便不会问我以上的问题，所以我搞不清楚他到底喜不喜欢我。

我该亲口问阿文是否喜欢我吗？阿文是否对我有好感？请替我解开疑团。

祝事事如意！

君　上

君：

你三年前开始喜欢男孩子，算是早熟的人，但你始终还是一个长不大的孩子。你怎么会相信住得太远便迟早分开的话呢？

有些人两地分隔，一个在温哥华，一个在香港，也照样可以通电话、通信，培养出爱情的花朵。环绕香港一周，也不过一两小时的事。一个男子收到异性表白的信而没有反应，当作什么也没有发生过，有以下两个可能性：

一、他觉得你还小，不知道是否应该和你发展一段感情。

二、他先把你留住，看能不能找到更好的。

你这个叫阿辉的朋友，尽出坏主意，可能是他自己也喜欢你，想破坏你和阿文之间的感情。这一点，阿文看得出，所以和你们一起上街时，尽量避免对你关心。年轻的男子尤其是那些条件比较好的，会有一份莫名其妙的骄傲，把自己扮得非常冷酷。也许阿文就是这种人。是的，亲口问阿文是否喜欢你，是一个直截了当的办法，好过一直猜疑下去，对身体无益。

你自己也应该充实一下，勤奋读书，才不至于幼稚到觉得二人距离太远便没有好结果。从你来信分析，阿文还是有点儿喜欢你的，不然的话，不会花时间在假期和你约会。对你冷淡，是有第三者在场，不算是什么大事，只要你们单独一起时他对你好就没问题。

祝好！

蔡澜　上

得不到的,最不甘心

> 得不到的,最不甘心。你的失望,并非得不到他的爱,而是你自己的自尊心受损。不甘心,是你自己伤害自己。

蔡澜:

你好!我特别希望你能替我解决这个问题!我今年十五岁,是个女孩子,有两个姐姐。她们都很疼我,从小到大我都有她们的保护,绝少受苦或受到伤害,所以我是一个乐天派。但这次,我真的好惨。

我在读完中一时，家人就要移民，我舍不得离开这里，很舍不得那些同学，更加舍不得一个不知我喜欢他的男孩子。我中一时已经认识阿华，最初我对他一点儿感觉都没有，但自从坐在他旁边之后，我对他的好感就日渐增加。那时候，我们彼此都有感觉，但碍于大家都害羞，所以到离开前都没将心意说出。那时候，有好多同学都说我们很般配，但我同阿华都没回应过，所以那些同学便不再取笑我们。

　　移民之后，我不敢写信给他，因为怕他不再喜欢我。直到他生日，我寄了张生日卡给他之后，大家才开始通信（一个月一封）。去年复活节我回来的时候，阿华变了好多，变得英俊潇洒。我还知道有个女生很爱他，很明显阿华自己也知道，他甚至有一点点喜欢那个女孩。这是我的朋友说给我听的。

　　我在临走时写了封信给他，信里表明了对他的心意，因为我实在没勇气亲口对他说，而且我知道他已经变了。他回信说不能爱我。其间，曾经有人追求我，但我对爱情好执着，对其他人一点儿感觉都没有。蔡澜先生，我始终都是不甘心，怎么办？

　　祝身体健康，生活愉快！

Helen　上

Helen：

　　不舍得香港的不止是你，还有好多人，但已经发生且不能扭转的事，懊恼干什么？接受事实吧！

　　我的一位朋友在日本留学，有个女儿也跟着到那边念书。起初，他女儿也不舍得香港和朋友，可到了那边，海阔天空，并不后悔。你的例子和她差不多，过一段时期，可能也会说去了好过留下。

　　"日久生情"是句老话，到今天还是适用。阿华和你就是在这种情形下发生感情，是很自然的事。

　　最怕这种"别人说说你们就当真起来"的感情，这种出发点就有问题。

　　通个信，寄张圣诞卡或生日卡，肚子又不会变大，怕什么？

　　你自己跑到国外，阿华在这里认识几个女朋友，很正常，也很公平，这并不表示他对你的感情有变。有些男孩子的感情很丰富，可以同时爱上好几个女的,而且爱得很平均,这是上天赐给他们的能力。如果用遗传基因来解释,这类人属于天生来播种的。

既然你说已经感觉到他变了,那我的答案是放弃他算了。

得不到的,最不甘心。你的失望,并非得不到他的爱,而是你自己的自尊心受损。不甘心,是你自己伤害自己。我不能给你满意的答复,或许,在国外可以请到心理专家替你开解,但是他们是要收钱的。

我说过很多次,对其他人没有感觉,是因为你没有机会遇到一个特别的。这种人一定会出现,到时就要看你聪不聪明,能不能抓住了。

祝好!

蔡澜　上

暗恋，折磨自己或自己享受

> 其实，暗恋是用来折磨自己或用来自己享受的，永远暗恋下去，至死为止，没有人能救得了她们。不如把时间用在做学问或者追求更多的异性上，这么做人生比较积极。

蔡澜先生：

你好！一直非常喜欢你的文章，每次都觉得你的措词十分犀利。

我和男朋友在情人节前分手了，这是我俩商量好的结果，原因是性格不合，很可笑！我们已认识七年，经历的比一般人多许多，不是吹嘘,乃是事实。我俩彼此暗恋好几年,直至数月前才恋爱,可惜不到七十天便告吹了!原来,时间真的不代表一切。更讽刺的是,我们还很爱对方,很关注对方的一举一动。他与喜欢我的人打架,见我与别的男孩在一起便吃醋,我不知道这是不是还爱我的表现。请蔡澜先生指点,我是否该做点儿什么?他是个理性的人,若等他开口只怕要等到明年。但我是女孩子,曾试过主动,但换来悲惨的结果,再也提不起勇气对他说点儿什么了。

我本是一个很勇敢的人,但偏偏对他拿不出半点儿勇气来。接着,又出现一难题。

有一个男孩对我非常好,每天以报到的形式打电话给我(其实我不喜欢),深夜没有车也要送我回家(不知他独自用什么方法回家)。总之,他给我一种强烈的被爱及被关心的感觉。他倒奇怪,每当我不应约,他的脸便难看至极。他常在我面前提及他深爱的一个女孩,而我的职责便是尽量关心。我现在最想的,是他千万不要喜欢我,否则我们便不能做好朋友了!因此,我会在他面前时常提及我以前的男朋友,还会时常鼓励他去找那个女孩。

蔡澜先生,这个男孩不会喜欢我吧?我又是否应该继续接受他的关心呢?无论怎样,我不想失去他这个好朋友,我有什么可以做的?希望我不是自寻烦恼。

这封信篇幅太长,希望你不要介意。谢谢你,蔡澜先生!

祝快乐!

Music 小姐　上

Music：

时间代表一切,并不是讽刺。讽刺的是同一段时间,有人觉得长,有人觉得短。

这也符合爱因斯坦的"相对论"。

我不赞同年轻人"我暗恋你、你暗恋我"的做法,不如就说个清楚。与对方情投意合,固然好;被对方拒绝,也是短痛好过长痛。拖泥带水的暗恋只适合林黛玉之流的自怨自艾的人物,她们一直以为在暗恋中。其实,暗恋是用来折磨自己或用来自己享受的,永远暗恋下去,至死为止,没有人能救得了她们。

一个男人为你打架,当然是喜欢你啰,这还用问吗?你既然已经和这个人分手,还去问他喜不喜欢你干什么?

或许是我的中文水平太差,看不懂你说的是什么。你说你们已经"经历得比一般人多许多",却连对方喜不喜欢你还不知道,算什么"经历"?

暗恋七年，有"在一起七十天"的结果，算是够本了。有些人连七分钟也得不到呢。

你又说与他分手，又说没有勇气向他示爱，越听越摸不着头脑，大概你的精神有一点儿毛病吧。

另一个难题也不是什么难题。你对他没有感情，但又希望和他在一起，很普通的事嘛，继续做朋友好了。万一有一天他向你表白，说爱的是你，你拒绝他好了。

你们年轻人大概会一直骂我，为什么我的想法总是一二三地解决那么简单。但是，你们的问题只有一二三。

我在你们的年纪，已经学会了七八九，所以我的烦恼比较少，把时间用在做学问或者追求更多的异性上。这么做，人生比较积极，而积极又是年轻人的特权。要哀要怨，等你老了之后再想也不迟。

祝好！

蔡澜　上

少有男人会拒绝一个少女的爱

> 任何事由第三者来判断，总是缺乏准确性。自己的经验不管是好是坏，始终是属于自己的。

蔡澜先生：

我是一个十六岁的女性，不知如何界定自己的成长阶段，是女孩，还是女人？我的迷惘就如我的爱情。

我想，我是真的爱上了一个男人。他比我大十几岁，他的情况我知之甚少。数月前，在朋友的怂恿下，我进入一个社会工作团体，才与他认识。他是我的一名导师,自从遇上他,迷惘的我不知不觉间掉进他的网里。他博学、心思缜密,每一句话都语带双关,每一句训诲都语重心长。除拥有渊博的知识外,他还有一颗小孩般的赤诚之心。他热爱大自然,热爱世界,热爱每一个人。对任何事物,他都抱有希望。或许是因为我这人已没什么希望,才会义无反顾地爱上他。这样一个神圣的人,对我来说是可望而不可及的。蔡澜先生,你一定猜到我不是一个好女孩。我颓废,对这世界没什么留恋,除了他。

我的母亲不知怎地对我加以眷顾,要将我从不可挽救的学业中拯救出来。我应如获神明指引、久旱逢甘露般高兴。但是,我要前往加拿大念书,离开他,或许永无再会之期了。

该怎么办?怎么办?他是如此圣洁,我恨不得永远永远守在他身边;我恨不得什么都给他,所有一切全给了他。在他的怀里,应是温暖的。
即使向他表白,他也不会接纳我。他将会是我心中的一个疤痕,久久不愈。

而我，只会成为他心中一个小小的阴影，阳光一至，他便会毫无顾虑地将阴影抹去。

认识他多年的朋友对我说："你根本是白费心机，他不会喜欢小女孩的。应该说，他不会恋爱。"我心里凉了一大半，但在每个寒冷的夜里却又不断地思念他，心中想做一些事，又不知如何是好。

蔡澜先生，帮帮我！

琉璃　上

琉璃：

从你的信中，我看不出你是个坏女孩。

字迹端正，语句通顺，表达能力强。你说你自己怎么不好，但你的聪明是不能抹煞的。

任何事由第三者来判断，总是缺乏准确性。自己的经验不管是好是坏，始终是属于自己的。

假设，从创作的角度去看是积极的。许多伟大的理论，都由假设中得来。

假设，如果往消极处走，得到的只有不必要的悲剧和一生的后悔。

你假设向他表白，他不会接纳。那么痛苦，是你自作自受。

要是你假设向他表白，他可能有一半的几率会接纳，一半的几率不会接纳，那你不是有五成的成功机会？

很少有男人会拒绝一个少女的爱，除非这个少女丑得不得了。

这个男人虽然大你十几岁，但你说他有一颗赤诚之心，那么你们的相爱在思想交流上应该不成问题。

既然你已经爱上了他，恨不得什么都给他，如此不顾一切，那么还犹豫什么呢？快去向他表白吧！所谓不顾一切，当然包括面子。

我没叫你开门见山地跟他说："我爱你。"有许多方法可以试探。

比方说，有些宗教方面的问题怎么想也想不通，要向他请教。我想他没有理由拒绝。再接下来，你问他为什么一个人可以那么无条件地信奉上帝？他一定有许多你所谓的"语重心长"的道理告诉你，那么你即刻追问，要是一个女的无条件地爱上一个男的呢？看他怎么回答。最后你说，要是那个男的是你、女的是我呢？等等等等。

要是一开始，他已经拒绝和你私下见面，就死了这条心吧！这样你的自尊心也不会受损害的。

认识他多年的朋友说他不会恋爱，如果是真的，那他可能是一个同性恋者。弄清楚，对自己有个交代。

祝好！

蔡澜　上

教我如何不想他

是的,爱一个人可以说是很痛苦,但是爱被接受了,那是天底下最大的喜悦。应该说,爱一个人的痛苦可以忍受,但暗恋一个人,永远不去表明,那才是痛苦中的痛苦,而且痛苦得一点儿价值也没有。

蔡澜先生:

你好!客套话不说了,希望你能救救我!教我如何不想他!

我是一个二十六岁的女子,年纪也不小了。想起来已有五六年没有恋爱,也不知道这几年没有爱情的日子是怎样度过的!其实,我真的很渴望恋爱,但奈何始终孤身一人!可能是性格使然吧。我比较安静、被动,朋友不多。其实,现在的我已经开朗了一点儿,因为公司有几个与我很要好的同事，时常会在一起聚会。

最近，我发现自己爱上了其中一个男同事！我知道他是没有女朋友的，他十分孝顺、有幽默感，和他总有说不完的话题。有他在，就不会冷场。我们总是几个人出来活动，很少有独处的机会。我对他也很好，也曾给他一些暗示，一位同事还误会我和他是一对儿呢，但我始终不知道他对我的心意如何。最近，终于和他单独外出约会，不知为何大家都很有默契（因为平时我们都是约其他同事一起出来的）。那次约会，我们谈了很多男女问题，他大我四五岁吧！他对自己好像没有信心，觉得自己没有事业，难道这就是他没有恋爱的原因？其实他有很多选择的，因为我们一伙人多数都是女的。这次见面到最后，他都没有向我表示什么，我真的非常失望和伤心！

我的心情很不好，患得患失，真的很想知道他的心意，也很想直接问他是否喜欢我，可是没有勇气。其实，我一直感到他对我有好感，但为何他不向我表白呢？难道爱一个人真的那么辛苦吗？蔡澜先生，你觉得我应该怎样做？怎样才能知道他的心意？如果他真的喜欢我，为什么不向我表白？现在，每逢聚会我都扮作若无其事，但内心真的很痛苦。见不到他时，我很挂念他，很想听到他的声音。我很害怕他喜欢的是别人，我是不是很没用？我知道你会骂我，希望你能骂醒我吧！

你的忠实读者仪　上

仪:

救兵来到。

渴望恋爱,是能理解的。照你来信的语气和字迹,你像是一个好女孩,不怕找不到男朋友。你的个案是很有希望成功的,请放心。

不止女子害羞,男人也很怕丑。要是把心里话讲出来,得不到对方的接受,下次还有什么脸见人?这种情形是双方的,你会这么想,那个男子也会这么想。

"事业没有成功,不敢谈恋爱"这一招,我当年也用过,这不过是"要对方先开口,避免自己下不了台"罢了。

是的,爱一个人可以说是痛苦,但是爱被接受了,那是天底下最大的喜悦。应该说,爱一个人的痛苦可以忍受,但暗恋一个人,永远不去表明,那才是痛苦中的痛苦,而且痛苦得一点儿价值也没有。

唉!你已经受够罪了,我还骂你干什么?我又不是虐待狂。

我说你有希望,原因有三:

一、他还没有别的女朋友。

二、几个女同事中,他只和你单独约会。

三、他虽然没有向你表示什么，但总比拒绝你好得多。

要是你没有胆量向他表白，也有许多间接的办法：
一、你同一个知心的女同事说出你对他的爱意，请她转达。
二、下次和他单独约会时，讲一个故事给他听，说有个朋友暗恋一个男的，问他怎么办才好。
三、打电话给电台主持人，请他们在电台节目中代你牵线。

但是，这些办法都老套得要命，我讲给你听，只是想说试了会有成功的机会，好过什么都不做。
这样吧，刚才既然我都说救兵到了，就破例一次，好人做到底。你把那个男子的名字和地址告诉我，我写一封信给他。我已尽了人事，如果你还担心对方拒绝，那你已无可救药，一世做个老姑婆吧！

蔡澜　上

一个令你心跳的男人,值得去追、去等

爱一个人爱得深的话,哪里会怕受伤害呢?
就算为他献出生命,也是值得的。

蔡澜先生:

你好!我是个十七岁的女孩,希望你能给我一些宝贵意见,谢谢!

我"明恋"他将近三年了。他是我的老同学,是个不善与女性交往的害羞男孩。两年前,我开始写信向他表白,并时常做些小礼物送给他,同时告诉他我的近况。可惜,我写了超过四十封信,均没有回音。本来我要放弃的,可他身边的好友及我自己都确信他对我是有意思的,而且很久之前他也向我承认过一次,他也肯收我所有的信。

  每次想放弃却又放不下,我或许天真地以为我有能耐感动他吧!他是个游戏狂,每天除了打游戏还是打游戏。当别人在他面前提起我时,他只会微笑,令我很迷惘。

  会考的数月里,我专心地读书,放下对他的思念。我以为我可以"逃出生天",但在发榜那天再次遇见他,我知道自己无法逃离。当我在电话里听见他的声音时,久违了的心跳竟再次出现。要知道一生中令人心跳加速的事着实不多,于是我再次提笔写信,希望他能跟我交个朋友。虽然必遭拒绝,甚至没有回应,但我知道我若不去争取,便会永远痛苦下去。究竟我应该怎样做呢?如果要我主动追求他才有机会在一起的话,我是愿意的。但若长此下去,我担心我会伤得更深、痛得更久!

  我一向讨厌玩游戏,但一次在游戏机店其中一台机器的排行榜上看见他的名字,于是我一有空儿便到那儿玩,希望会遇见他或在排行榜上跟他的名字排在一起,无奈我每次都是排在最后!

  最后,希望你会帮我。抱歉,信太长了!

游戏白痴 上

游戏白痴小姐：

恋爱就恋爱，没有什么"明恋"的。

你爱他三年，写过四十封没有回应的信，可算是个有心人。我很欣赏你去争取而忍受痛苦的态度，但是办法用错了。

单单写信，对方不回，可能有种种原因：

一、他根本只会打游戏，不肯写信；

二、他虽然对你有意思，但是不知道怎样表达；

三、其他原因（比方说嫌你太丑之类），但又不愿意伤你的心，便只有微笑不答。

什么都好，你也说过不去争取会痛苦。那么，除了写信之外，你可以再努力一次，和他通电话时直接问他，到底可不可以等下去？你给他一分钟去考虑，你说："一分钟之内，要是你不出声，就等于你已经拒绝我。"他还是沉默的话，你就要放弃了。

如果，你认为电话不足以表达，那么就在遇到他时，请他走到一边，直接用言语问他好了。只是要求一个简单的答案而已，你有权这么做。

这个男人令你心跳，是值得去追、去等的。说真的，这样的男人在你一生中不会出现几个。不过，话说回来，旧的不去，新的不来。也许你一放弃他，又有一个令你心跳的人出现也说不定。古人说"塞翁失马，焉知非福"就是这个道理。

爱一个人爱得深的话，哪里会怕受伤害呢？就算为他献出生命，也是值得的。你的情形很普通，是自相矛盾的一类。

我想，怎样劝你都没有用。你要的意见，我已经给了你。你只是在努力地等，没有想到努力地爱上另一个人。

在等待当中，可以积极地学东西。既然他只爱打游戏，而你又自称游戏白痴，那么你就要克服这个障碍，努力学习打游戏，打到好为止。

蔡澜　上

等待了五年,应该追求到底

对一个等待了五年的人,你应该追求到底,打破砂锅问到底。机会放在你眼前,紧紧地抓住吧,别再傻下去了。

蔡澜先生:

你好!老实说,起初我对您的印象不太好!但在看多了您的文章之后,觉得您骄傲得有道理。

我是一个二十一岁的女孩子,近来突然有很多问题想不通。

一直以来,我在等待L君。他是我中学时的学长,是我校的"万人迷",有不少同学倾心于他。我们是因为搞活动认识的。老实说,虽然他在校内那样出众,但我对他没什么印象,没有特别的感觉。但后来相处久了,而且见面时间长了,我发觉我喜欢上了他。我们一起上学、一起放学、一起搞活动、逛街……彼此也知道对方的心意,只是欠一句"我们在一起吧"!

可惜,可能那时的我年纪小,不懂事。一见到他与其他女同学多谈几句或者接触多了,我就会生气,会吃醋!但真的有个女同学和他越来越好,我又害怕又伤心,觉得他很花心,所以就对他不理不睬。他也有问我是不是不开心,我说没有。他叫我等他放学,我说有事要做,不等。适逢活动结束,见面的时间减少了,我便下决心忘记他,努力准备考试。两个月后,我在街上撞见他与那个女同学逛街,心里特别生气,因为我发觉自己并没有把他忘记!我很心痛,因为我的心上人被人抢走了!都已经五年了,我依然放不下。

大概两年前,我在街上遇见那个女同学与另一个男子在一起。我本以为会很开心,因为他们分手我就有希望了!但我并没有开心,反而很低落。想到他被抛弃了,我就好想陪在他身旁安慰他、开解他。

虽然我们已经不在同一所学校读书,但有时会在街上遇见,在电话中聊天，又或者一起吃饭，当大家有困难时也会找对方帮忙，可能就是这些事情以及以往的回忆，足以令我回味到今天、等待到今天！虽然在此期间我也有想起其他男子，也有几个男子追求过我，但是最终发现，我最挂念的还是他！

但是，我又会想，喜欢了、等待了一个人五年，好像很牺牲、很痴情，究竟是因为等了这么久才不愿放弃，还是已将暗恋他变成了一种习惯？我只知道我对他是真的有感觉！

蔡澜先生，请您给我一些意见吧，即使是骂我也无所谓！

祝您样样都好！

              Mitz　上

Mitz：

正如你自己所说，当时还小，不懂事，错过了机会。

现在你长大了，知道怎样去爱，知道什么叫心痛，那就向他表白好了。如果你还没有勇气，那说明你这几年来并没长大，还和当年一样地"愚蠢"。老天爷救不了你，没有人救得了你。十年后，还是一样"蠢"。

他看你没有反应，先去找别的女人，很正常呀。反正你只知道心痛，有"被虐待"倾向。

你们现在还时常通电话、吃饭和互相帮忙，这表示还有很多机会放在你眼前，紧紧地抓住吧，别再傻下去了。

或者，最主要的障碍是你怕：万一向他说明之后，他不要你，那怎么拉得下面子？最简单的方法，也是最原始的方法，是通过你们共同的朋友——一个第三者告诉他，要他直接给你一个答复。要是音讯全无，也不可放弃，因为可能是第三者没有讲清楚，或者闹"乌龙"，把话传歪了。

第一次不成功,便要透过"第四者",如果结果还是一样,就死了这条心吧。

若不肯罢休,那就直接写一封信给他,告诉他你的爱是多么深。告诉他你也有自尊,要是他拒绝,就做个普通朋友吧,绝对不要断自己的后路。男人很贱,万一寂寞,便会来找你,所以现在他有几十个女朋友都不要紧,多一个好过少一个。

对一个等待了五年的人,你应该追求到底,打破砂锅问到底。

牺牲?你又奉献了什么?你的青春?但这是你自愿的,也因为你胆小而造成的,还说得出什么牺牲?这简直是白白抛弃,没人会同情你的。

你绝对是一个爱自己多过爱他的人。但是这没有什么不对,很多人都是爱自己多过爱别人。会爱自己,才没办法不顾廉耻地拉下面子向他宣布。做不到的话,感觉什么都假。

祝好!

蔡澜　上

知道好过不知道

> 爱上上司和爱上老师一样,是少女的情怀,
> 是经常发生的事。

蔡澜先生:

你好!我叫 Kewpie,今年十七岁,这已是第二次给你写信了。上一次是去年的一月,不知道是否每年都要麻烦你一次。

言归正传,今年的一月我认识了 Louis,我们相识的地点是在公司,现在他算是我的上司,比我大四岁。起初我对他的感觉也只是一般而已,不知是不是我们日夜相对的关系,我开始发觉对他产生了爱意。我曾经问过自己,是不是因为跟前男友分手感到寂寞,才需要别人的关心?抑或只是产生了感情但不是爱意?

但答案统统都"不是",我很确定自己是真心的。

从小到大,我不是一个容易对人产生好感的人,所以这次真的令我有点儿不知所措。因为我跟他百分之一百没有可能在一起。

原因一:因为公事问题,曾经有人对他说过,叫他不要在公司谈恋爱,若真的和公司的人恋爱,就要发誓永不分手!所以,从工作关系上看,我俩是不可能的,我相信他是一个很理智的人。

原因二：他有心上人，听说人很漂亮。此外，他常说我是小女孩，我感觉他不会喜欢我，而且我也不是他心目中的理想对象。

原因三：我不是一个好女朋友，他不会选择我。

总之，我觉得我们是不可能的，我只是自作多情。我的朋友叫我跟他表白，但我怕表白后大家会尴尬因而影响工作。在公司看到他时，我的心情十分矛盾，既开心又不开心，开心是因为见到他，不开心是想到我和他之间没可能，我真不知如何是好。

蔡澜先生，你认为我应怎么办？离开公司永远地逃避他，还是跟他表白呢？如果表白后的结果非我所愿又如何是好？

伤心的 Kewpie　上

伤心的 Kewpie：

我还记得你写给我的上一封信，每年麻烦我一次，不算多。

爱上上司和爱上老师一样，是少女的情怀，是经常发生的事。

你十七岁已经出来做事，很了不起，如果能存点儿钱或者家里已不需要你的帮助，你可以考虑再多读一点儿书。虽然我一直认为，社会大学好过真正的大学，但我这是鼓励年轻人在学校中多结识几个同学。这些人将是以后一生的朋友。

你说，这是你第一次付出真正的感情，但对方是一个百分百得不到的人。我不那么想，我的字典中没有"绝对"二字。

为什么没有？在确认后才知道有或没有呀！你没搞清楚，怎么可以说是百分百没有可能呢？

一、有人叫他不要谈恋爱，要谈的话一定要结婚。这是笑话吧？那个人是谁？他的父母？这个人自己能担保恋爱不会分手吗？太幼稚了！

二、恋爱时对方有没有心上人，都不要紧。他经常说你是小女孩？天呀，小女孩才新鲜呀！自认没有希望的话，那就真的没有希望了，是你自己看轻自己。

三、你是不是一个好的女朋友，要由对方决定。有时，坏女朋友比好女朋友更有趣、更刺激、更吸引人。

你问我，向他表白好，还是逃避他好？我回答表白好，你又不敢；我回答逃避好，你又不甘心。所以，我不准备回答你的问题，我知道怎么说都解决不了你的问题。

看到这里，你敢说"不，这次我会听你的话了"。那么，我的答案是：向他表白！任何事，知道好过永远不知道。

祝好！

蔡澜　上

他／她是否爱我

爱是一种好得不得了的"病毒"

是的,爱是一种"病毒",却是一种好得不得了的"病毒"。不能自拔?当然不能自拔啰!岂止不能自拔,还让人欲生欲死呢!

蔡澜先生:

说到爱情,我还是一个新人。读书时,我对男女间的爱情没多大兴趣,但喜欢和男孩子玩,因为他们比较有趣,不拘小节,不会冒出尖叫声。中学毕业后参加工作,我认识了不少朋友。他们大多数都有男女朋友,间接感受到他们的快乐。我开始问自己,是否也需要找一个男朋友了。

去年十月，我终于遇到一个令我心动的男生。当时是我主动示爱的，但两个月后我便提出分手。其实我是非常伤心的，在他身上我付出了很多，但最终发现我们根本不合拍。

今年年初，我又认识了一个"他"。起初，我不想和他在一起，因为我太害怕。爱情对我来说是一种病毒，有了便无法自拔。我已有半个月没见过他，打电话向他提出分手，他没有回信。我知道他已经变了心，但他不承认。现在有另一个男孩追我，但我不理他，我还是比较专一的。

我只是一个十八岁的女孩，为什么要用爱情来折磨我？我的性格是不是不应太早恋爱？我是否可以成为一个合格的女朋友？

保重！
祝好！

若男　上

若男：

谢谢，我很好。

从来信看，你的个性和名字一样，像个男孩子。不过，这绝对是正常的。

这种像男孩子的个性和行为，也常令人啼笑皆非。你认识了一个男朋友，即刻说爱上人家。虽然快了一点儿，但也没错，错就错在你在短短的六十天后又主动地向人家提出分手，这不是发神经是什么？

哦！你伤心，难道人家好过吗？要是对方是当真的，不是要人老命吗？

只有短短两个月的交往，你就说你付出很多。天呀！比起别人恋爱两年分手或者结婚二十年离婚的，你的例子根本就是开开玩笑而已。你们交往两个月，从不认识到认识，从不谈恋爱到恋爱，从合得来到合不来，本来就不够时间，你还说"发现"根本不"合拍"。哇！让我来替那个可怜的男孩子报仇吧！我读你的信才几分钟，已经"发现"你是一个不值得去伤心，也不值得去爱的人。

今年年初你又认识了一个男孩，又要和他分手。你的信是四月底写的，年初至今日不过一百二十天，比你上一次的六十天长了一倍。好呀！恭喜你，大有进步。

你既然知道他已变了心，还打电话跟他提出分手，这是不是恶人先告状？

好在这个男的比较聪明，他早已察觉，不然被你活活玩死！

你居然还有勇气说你是一个对爱情很专一的人，你根本不知道什么叫爱情。

是的，爱是一种"病毒"，却是一种好得不得了的"病毒"。不能自拔？当然不能自拔啰！岂止不能自拔，还让人欲生欲死呢！

回答你的问题：

一、爱情没有折磨你，几十天的爱情不算爱情。

二、你的性格是不应该太早恋爱的。

三、肯定，你肯定不适合做人家的女朋友。

如果你想赎罪，那么对这个新男朋友好一点儿，向他解释你为什么不理他，让人家死了这条心，别在你身上浪费时间了。

祝好！

蔡澜　上

做一个乐观的女孩子

> 你说他没有对你有进一步的要求,这已说明你心中在期待他有进一步的要求。

蔡澜先生:

你好!有一件事发生在我和我好友A(也是同学)之间。

A仰慕一个与我们乘同一辆班车的男孩子。他比A大2岁,也是中学生,却不同校。他俩从前是邻居,后来A搬家了,便少有联络。A把暗恋他的事告诉我,而我也开始注意他,逐渐觉得自己对他也产生了好感,可是我仍然用心地给他们制造机会。

后来,我发觉每次我不经意看到他的时候,他都会低下头微笑。

不管A在不在，他都会和我乘同一辆班车。就算那班车不经过他的学校，他也会和我一起下车。

后来，我搬家了（但没有转校）。我搬走后一个月，A说再也没有与他一起乘车。

搬家后大约两个月，我回到旧址的公园散步，却惊喜地遇见他。他紧张地上前跟我打招呼，我俩便成为了朋友。我们一边走一边说笑，他没有对我有进一步的行动，如搭我肩膀、牵手……路上，我们遇见他的同学，其中一位还对他说："学校有这么多女同学喜欢你，你却对她们不理不睬，原来你已找到真爱了啊！"他听后，立刻低下头微笑，用手摸摸后脑勺，而我当然羞得满脸通红啦！想不到我们两个人相隔十万八千里，还会被人误会。但不知怎的，心中竟有甜丝丝的感觉。

有一些问题请你为我解答：

一、他对我有意思吗？

二、你认为我喜欢他吗？

三、他为什么一见到我便会低头微笑？

四、他此前和我一起乘车，我搬家后，他白等我一个月，这个行为是否代表他一早便对我有意思？

五、若他真的喜欢我，我算不算是横刀夺爱呢？因为A认识他在先，并深深地爱着他。

祝好！

乐观欣　字

乐观欣小姐：

很显然，这个男孩子对你的朋友 A 君一点儿兴趣也没有。

A 君搬家，没有多远的距离，这个男孩即刻和她减少联络，这不是乘机摆脱是什么？

我年轻时，追女朋友从新加坡追到吉隆坡，哪有什么距离的相隔？

啊！在车站见面是多么罗曼蒂克的一件事！很多人要做也没有机会做。车站上的回忆，会永久地印在你的脑海中。

约会时总会被人遇到的。古人也说过："上得山多遇着虎。"不，不，这句话不太适合你的例子。但给人遇到，证明你们约会的次数是不少的。

你说他没有对你有进一步的要求，这已说明你心中在期待他有进一步的要求。每一个人都有不同的感受，你们连手也不牵，肩膀也不搭，很纯洁，是件好事。只要你们自己认为是对的就是了。

回答你的问题：

一、肯定的，他肯定是喜欢你。如果你连这一点都看不出，要么是太太太纯洁，要么是太太太蠢了。

　　二、一见你就笑，这是歌手都唱过的歌词，看到喜欢的人微笑，很正常。

　　三、你搬家后，他在车站等你一个月，是流行歌曲《痴痴地等》的词，我现在越来越明白，这些歌词不是在骗人，原来真的有这么一回事。啊！世界真美好，明天会更好。

　　四、你不算是横刀夺爱，因为这个男孩子从来没有喜欢过 A 君。要是他们两个人相处已有一年，那才算是横刀夺爱。因为他没喜欢过 A 君，所以早认识和晚认识没有分别。你不爱上这个男孩子，他也会迟早爱上别人。A 君患单恋，是自讨苦吃，你不必为她担心太多。你的名字自称乐观，就应乐观一点儿。

　　祝好！

蔡澜　上

一厢情愿去恋爱

> 送礼物是心甘情愿的,既然我不送,你应该知趣,不出声才是。

蔡澜先生:

你好,我是第一次写信,希望你见信后能给我回信,谢谢。

本人十九岁,已与男朋友恋爱九个月,但我没有同他逛过街。近来,他对我好冷淡,也不来找我,圣诞节也没有给我送礼物。我打电话给他,他自己先开口说忘记给我送礼物。我对他说,不记得就不要了。我没有生气，也没有恶意。现在，我觉得他不是真心爱我。他还说不敢再来找我了，我不明白为什么。

他说，我给他的印象是"相逢好像已相识，到老终无怨恨心"。他用这句话形容我对他的爱。

他很自私，每次外出吃饭都是我约他，他试过约我两次，我没有时间去，他就不再约我了。看演唱会、看表演那些节目他也从没为我安排过。他每次来找我，都是匆匆而来、匆匆而去。有时我看着他离开，眼泪都会掉下来。

我不知道为什么爱他爱得那么深，我对他是真心的，从没有分心。他也说过，他对我是真心的，但我觉得他这句话不是出于真心！

希望你能回信，告诉我应该怎样做。
祝好！

彩玲　上

彩玲：

你今年才十九岁，对恋爱是怎么一回事，还没搞清楚。

从你的来信可以发觉，是你单方面地爱这个人，人家有权不爱你，知道吗？

你说你恋爱九个月，从来没有和他出去过，但后来又说约过他、吃过饭，这也算是在一起玩过呀。

恋爱的定义：看电影、牵手、接吻和上床。你什么都没有做过，怎能算是恋爱呢？你只是一厢情愿地认为自己是恋爱罢了。

他约过你两次，你既然那么爱他，为什么不放下手里的事情答应他呢？

我们来一个假设游戏吧。

把他当作是我。

我遇到一个像你一样的女孩子，最初当然有好感，才继续和你联络。

每次见面，都在你家里。你父母眼睛瞪着我，兄弟姐妹走过来闲言碎语几句，电视上播着又长又臭的连续剧。这种情形之下，两个人如何谈心事？你又没有特别的反应，只见你眼泪汪汪，到底在想些什么？谁知道是不是连续剧感动了你？想了又想，溜之大吉是上上策。

像你这样的女孩子，不知如何下手。年轻人，说句好听话，是君子好逑。事实上，大家性欲旺盛，又对这件事特别好奇，当然想有进一步的发展。没什么可能的话，那只好跟对方拉开距离了。

这时候，你又来要求他送圣诞礼物，你有什么资格呢？

送礼物是心甘情愿的，既然我不送，你应该知趣，不出声才是。哪知你还厚着脸皮开口，只好推说忘记了。除了说忘记，还有什么理由开脱呢？

不过，假设我是他，我一辈子也说不出什么"相逢好像已相识，到老终无怨恨心"这种似是而非、文句又不通的老套话来。唉，这种男孩子，比他更好的多的是，不要也罢。

祝好！

蔡澜　上

暗恋才是痛苦

"假小子"的女生有什么不好?有大把人喜欢像你这样的女孩,懦弱一点儿的男孩子,一旦看到你,怕是会即刻爱得昏倒在地上。

蔡澜先生:

你好!今天我想向你讨教几个问题!

我是一个念中二的十四岁的女孩,性格开朗、活泼,典型的"假小子",所以有不少朋友。他们都说我热心肠、不计较,唯一的缺点就是欠缺温柔。我对这些评论一笑置之,直至那一次,遇上心中的他。

他年长我四岁，与我在同一所中学念中六。他是老师眼中的好学生，品学兼优。样子嘛，却只能用"貌不惊人"来形容，但我却真心爱他，他令我整日坐立不安。虽然我知道他的确大我很多，但我相信爱是不分年龄的，于是鼓起生平最大的勇气去向他表白。

　　可惜，他拒绝了我，不过他仍肯和我交朋友。他对我说："怕你年纪太小，将来会后悔，因为我并不适合你。"他说尽一切好话来安慰我。那晚我哭了一场，我的心好痛、好痛。

　　后来我的一个男同学兼好友知道了此事，他告诉我，像我这么"假小子"的女孩子，很少有男孩子会喜欢。他们大多喜欢温温柔柔、小鸟依人的女孩子。我听后真的很伤心，难道我不想温柔吗？不想小鸟依人吗？只是从来没有人给我机会罢了！其实，我可以为所爱的人干任何事（坏事例外）。我也有软弱、要人保护的时候，也会困倦，也想倚在他的胸膛上。

　　现在，令我不明白的是他对我的态度：他不喜欢我，为何还要和我交朋友呢？男孩子真的只喜欢温柔体贴的女孩子吗？我可不可以为他而改变自己呢？我很傻吗？

　　祝好！

Coral　上

Coral：

这个男孩子才大你四岁，怎会有年龄的差距？他不算大你好多，唯一差距是你们的爱情观。

你的思想根本不成熟，所以会烦恼，但这种烦恼多令人羡慕！年轻真好，到了一把年纪，不烦恼了，也少了快乐。这种心态，我想你暂时很难明白。

好吧！讲些你应该懂的。你那晚哭了一场，心中会不会好过些？不会？那么再哭吧！一场又一场，哭到麻木为止。你已经上了一堂爱情课，算是得到了初恋的经验，你的人生得到了一点儿东西。想起来，这也很美好啊！是不是？笑一笑吧！

男孩子总是很自我，喜欢决定人家的私事。其实后不后悔，是你自己的选择，他那么说，简直是多余。这个人是个好学生，但是绝对不是个好情人，我讲的对不对？他值不值得你那么伤心？好，自己决定。

除了他，你会认识更多的男孩子，你会经历一次又一次的恋爱。你最后发现，这个男孩子所占的优势，只不过是你的初恋罢了，不然你迟早会把他忘得一干二净。

"假小子"的女生有什么不好？有大把人喜欢像你这样的女孩，懦弱一点儿的男孩子，一旦看到你，怕是会即刻爱得昏倒在地上。

男孩子只喜欢温柔体贴的女孩子？对于雄性动物，所有的雌性都喜欢，尤其是当他们在"思春"的时候。你如果不要别人，死跟定他，那么做朋友就做朋友，做妹妹就做妹妹，等到他寂寞那天，等到他情欲高涨的那一刻，他自然会接触你。但是你居然说"坏事例外"，也许他想做的只有"坏事"。

你如果改变自己来迎合他，那就很傻了。你阻止不了他去认识比较温柔的女孩，他见得多之后，发现你是与众不同的，才会觉得可贵！

向他表白是做对了，不然永远暗恋，那才痛苦。

你说，你是个性格开朗的女孩，那么继续开朗下去吧！来，再笑一笑！

祝好！

蔡澜　上

极度猜疑 = 极度痛苦

恋爱中的男女以为爱情的力量可以改变一切,这种看法太过幼稚,成功的机会几乎是零。

蔡澜先生:

你好。

我今年十九岁,与现任男友恋爱五年了,可是我一直都不信任他。三年前,我获知他因赌博而欠下一笔债,但没有介意,并极力支持他,希望能从头来过。

我一向不信任他的同事，因为知道他们好赌，所以不喜欢他与他们来往，可是他却时常瞒着我跟他们出去玩。我心里很愤怒，但却很爱他，感觉十分矛盾！我觉得很辛苦，但又不想放弃五年的感情。以前他对我真的很好，现在却对我忽冷忽热。近来，我向他暗示他对我太过疏忽，把问题拿出来讨论，他保证一定改正。

这之后的几天，他对我很好，可是很快我又为另一件事而心烦：几天前，我获悉他瞒着我和一群同事到旺角的一家练歌房去玩，由此怀疑他可能做了对不起我的事。我很生气，愈发觉得他有一段时间行为古怪，令我疑心倍增。

我原以为，愤怒或不高兴时用烟或酒来解决是对的，然而又觉得好像是在折磨自己，身边的朋友均不赞成我再跟他在一起。可惜，我还对这段感情及他抱有希望。我爱他，但又恨他所做的一切。

蔡澜先生，我究竟应该怎么做？我是否太执着？怎样才能知道他现在是否还爱我？是否男人逢场作戏，女人便应该装作浑不知情？请为我解答，谢谢！

雯峰少女　上

雯峰少女：

生活在猜疑中是件极度痛苦的事。

整天打探男友的行踪，知道后心里又不舒服，再严重些，自己推测男友的行为，越想越气，越气越急，最后只有去上吊了！

试试看，把自己当成对方：遇到一个问长问短的女人，为了避免她多疑，做什么事都不敢让她知道，这多无聊？原以为对得起她就是，但她三两天一次，什么事都诸多盘问，不高兴时又抽烟又喝酒，真不知可以忍受她多久！

下班之后和同事们出去玩玩，疏减压力，但她偏偏以为是去"鬼混"，只好再找借口安慰她，但她越来越不信任，感情逐渐恶化。

所谓"江山易改，本性难移"，恋爱中的男女以为爱情的力量可以改变一切。这种看法太过幼稚，成功的机会几乎是零。

男友和同性朋友来往，有何不妥？除非你能证实他的不忠，不然只是自讨苦吃。

你感到苦恼，问我怎么办，我的答案如下：

一、不顾一切地继续来往，只有奉献，不去猜疑。

二、一刀两断，不要留恋五年的感情，再这么拖泥带水，将来浪费的是七年、十年，甚至是儿女成群的数十年。

走中间路是最坏的，永远无可救药。

你问我，男人逢场作戏，女人是否应装作不知？是的，答案是肯定的。有时候，知道越多，痛苦越多。痛苦源于知道了一切可以不知道的事。你的例子只是猜测，不肯定算是好的了。

恋爱是开心的、快乐的，当然也会闹些小风波，这都是插曲，影响不了主题。一般人一生之中恋爱次数不会多过五根手指，好好地享受吧！要是坚持着猜疑的心态，不妨多猜疑几个，增加猜疑的痛苦，也许是你所希望的。

祝好！

蔡澜　上

冷静一点儿,反而会得到对方的尊敬

> 你发现他有安全套,又说不是用在你身上,这不是一件坏事。至少代表他在外面玩,也懂得保护自己。

蔡澜先生:

你好,我同男友恋爱只有一个月,但已经出现好多问题。

他每天下班后都会有很多"节目",有时玩到忘打电话。他放假时,宁愿同朋友在一起也不找我,我真的很生气。我也不知道他在外头做了什么,很怕他去找其他女孩子,是否应继续忍受?

有一次，我竟然在他住处找到安全套（当然不是同我用的），我问他为什么，他就跟我兜圈子，让我非常不满意、很不开心。我知道他以前好玩，有好多女朋友，但他说以后不会了，他是不是在骗我？我又觉得他一点儿都不紧张我，恋爱初期已经是这样，将来会怎么样？我怕我没办法再忍受！你认为我是否应决绝地同他分手？还是明知他在外面拈花惹草，也"睁一只眼闭一只眼"同他继续下去？

我的心非常乱，请给我一些意见！等你的回信。

祝好！

少女　上

少女:

我很好。

男孩子嘛,玩到疯癫了,连父母都忘记,何况是一个随时可以替换的女友呢?你把你自己看得太重了!

而且,越年轻的男孩子越不会尊重女性。男人与男人之间无所不谈,是一种非常舒服的关系。我自己不懂事时,也宁愿和男伴在一起。女人诸多要求,有时是很讨厌的。

你发现他有安全套,又说不是用在你身上。这不是一件坏事,至少代表他在外面玩,也懂得保护自己。和你不用,证明他对你有信心。

当一个男人被逼迫时,一定会讲谎话。你明知他以前就很爱玩,哪有可能马上改过?他说他以后不会,当然是在骗你。

你既然知道他对你一点儿都不紧张,离开他好了。才认识一个月,就对你太过紧张,反而不正常。

一个月比起一年,比起十年,是多么短暂的时间,你怎么能要求对方完全奉献?

你要听我的意见。答案再简单不过了:

一、即刻和他分手。

二、离不开他的话,无条件投降。

三、把精力放在学业上、工作上。你自己冷静一点儿,反而容易得到对方的尊敬。

祝好!

蔡澜　上

认清界线,才叫智慧

> 吵架和性行为根本就是一样的。你们为了意见不同而争执,为了情欲而做爱,不是反常。

蔡澜先生:

你好,我有些问题想请教您。

我和现在的男朋友恋爱了大半年,但当中一直为了一些事烦恼,也担心他介意。我在和他一起前,是和他朋友恋爱,而且我和其他男孩的关系,很多人都知道。对于以往随便与异性发生关系,我感到很自卑、很羞愧。我们在一起后,他一直没有问我过去的事,也不愿意带我见他的朋友,甚至不愿意我和他们(他认识的朋友)通电话。我俩总是偷偷摸摸地相处。

现在,我想问:

一、是否我的性格太随便,所以每逢有异性与我接触,会很快与我发生关系(不到一个月)?这样做对吗?

二、现在的男友也是这么快与我发生关系的。是不是他知道我以前的事,所以想找我发泄,并非真心爱我?

三、我的开放态度和行为,会不会令我男友十分没面子?我要不要改?

四、我与他经常吵架,但却持续有性关系,这正常吗?

五、是我主动追他,这是否很低贱?

最后,我很怕被他家人知道我们的事,因为我很后悔。请为我解答。

祝好!

Helen 上

Helen:

回答你的问题:

一、是的,也不是的。

二、不到一个月,就和男朋友上床,要看你自己的想法如何。你认为感情已够,那么做这事也很正常。在西班牙、法国等地,第一次见面时有好感,自己也有需要,互相吻对方的脸颊,已经表示当晚即刻要来。和这比起来,三十天的一个月并不算太快,也不等于太过随便。和异性发生关系,不能以时间来衡量,情到浓时,即可进行。不过不能要求什么伟大的恋爱。情与欲,认清界线才叫智慧。如果受传统的道德观念束缚,当然是不对。不过老一套也有可笑的地方。至于你说的"每逢"即做,相信你也有自己的选择。不然的话,请公开你的电话、地址,必定生意兴隆。

女人常认为对方是找自己来发泄的,为什么不想想自己也在"发泄"?

他还没有停止和你见面,表示他对你有好感,即使知道以前的事,也许不在乎。

他是否真心爱你,要看你是否真心爱他。如果答案是肯定的,那你不应该再和其他男人来往,否则会伤到他的心。

三、开放的态度和行为要配合开放的思想,这样才能毕业。你一边做一边后悔和害怕,那表示你的思想不够成熟,没资格玩这个游戏。如果你爱这个男朋友,当然要改啰!

四、吵架和性行为根本就是一样的。在天真的儿童眼中,性行为不单是吵架,也是打架。你们为了意见不同而争执,你们为了情欲而做爱,不是反常。

五、主动追求男生而认为自己是低贱的想法太过守旧。你要是害怕他家人知道,就得用行动来证明,改变自己,成为一个有礼貌、待人亲切、温柔懂事的女子,从前做过些什么会被原谅的。

祝好!

蔡澜　上

男朋友有性要求，怎么办？

> 悲剧是怎么发生的呢？还不是那些别人强加在自己身上的道德观？

蔡澜先生：

你好吗？我是你的读者，很喜欢你对爱情的看法。我把我的困扰说出来，希望你能给我一些意见。

我今年十八岁，同男朋友恋爱近三年。近半年里，男朋友时不时就提出那方面的要求。我视他为结婚对象，但又冲破不了自己的心理障碍。他没有强迫我,但我的拒绝令他感到失望(因为我已经拒绝他很多次了)。我爱他,想婚后才给他,但又不想看见他失望的表情。是不是每个男人都这样呢?蔡澜先生,请你教我怎样做吧,谢谢你!

祝安好!

颖琪　上

颖琪：

每个人都有自己的道德标准，我不能给你什么指引。

我们不如来说个故事吧！

很多年前，有一部叫《青春梦里人》的电影。一对金童玉女恋爱了。他对她提出性要求，但她不答应。

后来男的到外地留学，自暴自弃，游手好闲地过日子。

女的和男的分开后，受了很大的打击，在精神病院休养了几年。几年后，她去找他，发现男的已和一个餐厅女服务员结了婚，还生了小孩。

电影结束前，女主角念了英国诗人 Wordsworth 的一首诗：

> 谁也不能挽回消逝的时光。
> 草儿的欣荣、花朵的灿烂。
> 我们不必想念，但愿在残像中，
> 找寻重生的力量。

诗写得很美，这部电影也拍得很美，但是这个故事一点儿也不美。

两个人已分开了，还在残像中找个屁？

悲剧是怎么发生的呢？还不是那些别人强加在自己身上的道德观？

有许多道德观是过时的，像从前人认为离婚是件天大的事；像从前人在新婚之夜，发现女的不是处女，便要抓去浸猪笼等。现代人结婚要找个处女？简直是开玩笑。

但是，我们是受过教育、有原则的人。你想不给他，就不给，这是你的选择，是你的决定。但是，决定了就不要后悔。

解答你的问题：

不是每一个男人都会向恋爱三年的女友提出这种要求的。以下的男人就是例子：

一、同性恋的男人。

二、性无能的男人。

三、笨蛋。

蔡澜　上

男友好专制,怎么办?

> 你若再执迷不悟,结果只有悲剧收场。现在开始,慢慢疏远他,还有一条生路,好好考虑一下吧!

蔡澜先生:

你好!希望你可以解答我的一些问题,谢谢!

我和男友在一起一年多了。我以前喜欢和朋友"泡"酒吧,但因为男友不喜欢,所以现在去得少多了。初相识时,我曾把他介绍给我的朋友,不过,他们非但没有混熟,反而互相憎恨对方。因为我的男友比较小气,常发脾气,所以我的朋友都不喜欢他。我的男友则担心我和他们玩,会被抢走。有时候我觉得他很傻,我们之间发生了那么多事,那么辛苦才走在一起,我怎么会那么容易变心呢?

现在,我的朋友一个一个地离我而去。

可能是第一次恋爱的缘故,我十分听男友的话。他不许我和其他朋友交往、逛街、打电话,我都会顺从他。但他越来越过分,我真的觉得很辛苦。

有时候,他自己也会打电话跟朋友倾诉心事,却不喜欢我这样做。他说:"你有心事就和我说。"每当我想与他分忧,多问他一句半句时,他就不高兴,推说怕我担心。

我曾多次和他谈,要求拥有私人空间。可他每次都反对,而且骂我:"这全是为你好。"最后不了了之。

请问:

一、他这样对我公平吗?

二、他是不是真的为我好?

三、我应该怎样做?

四、我应该怎样与他相处?

五、我应该怎样和他说话?

六、我要不要和他谈心事?

请解答我以上问题。

非常感谢!

心烦的人　上

心烦的人:

回答你的问题:

一、对你不公平。公平的话,你去哪里是你的自由。

二、他不是真正对你好,他是自私罢了。

他不但没有自信,连你也怀疑,这种男人很难应付。还没结婚就已经这样,万一有一天你嫁给了他,岂不是要每天把你关在家里?

三、你应该离开他。

四、如果离不开他,那就完全地投降,放弃一切,做他的奴隶。不能一面埋怨,一面又说和他分不了手,这是游戏规则。

五、和男人说话最好的时间是还没有给他的时候。给的尺度每个人不同,你没说清楚和他到了什么地步。纯洁的话,等到他要索吻或拥抱时向他提出。有进一步关系的话,你已是大人,应该自己决定在什么防线之前提出要求,这个教导绝对错不了。

六、对这种人,谈心事是多余的。

如果你决定要跟着他,那么你得牺牲你所有的朋友以及家人。他那么不讲理,你的家人也会受不了他。

这种人非但不傻，简直称得上危险，倘若激怒了他，他什么事都做得出。要是他能看出你那么辛苦地跟他，他就不会提出如此无理的要求。你不会变心是你的事，他根本不相信，所以才不准你和其他人交往。连电话也不准接，真是太过分了。你觉得辛苦，还不快点儿走人？第一个男朋友又如何？天底下的男人都死光了吗？

"完全为你好。"这个借口不单男人会用，女人用起来更是拿手。你也可以跟他说："完全为你好，所以两个人应该分开一段日子，冷静一下再说。"

你若再执迷不悟，结果只有悲剧收场。现在开始，慢慢疏远他，还有一条生路，好好考虑一下吧！

祝好！

蔡澜　上

勇气可嘉,祝你成功

你说会一直等他,就等下去吧,等到他和女友散了,你的机会自然会来。

蔡澜先生:

再有三个月,我暗恋他的时间将满两年。这一年多来,我也试着和其他人交往,但他是不知道的。直到今年三月五日,我到他的店铺注册成为会员。不知哪来的勇气,我写了一张卡片给他,他得知我喜欢他后不太相信,问我是不是认真的。我便说:"是又怎样?"他只回答我:"我们先做朋友!"我当时没有特别大的反应。我屡次送卡片给他，大多数卡片中只说我会等他。但令我吃惊的是，我的一位好友在某处遇见他，他带着女友，看似十分开心。

  一天晚上，我与好友上街吃饭时，竟意外碰见他。他一看到我便十分不自然，有点儿不知所措，而之前他与女友十分开心和恩爱（当时他还未看到我）。当我坐上车回头望他时，他也在凝望着我，我们有一秒钟的眼神交流。

  蔡澜先生，现在我该怎么办？同时间还有一位男孩等了我两年，他很爱我，但我不爱他。蔡澜先生，请你给我一些意见吧！

  我曾对他说，我会永远等他。如果我知道他与现在的女友分手后会与我在一起，我会心甘情愿等待他，十年、二十年我也会等。

  他算是有良心的了，如果他没良心，我便会脚踏两只船。我想，他也许希望与女友自然分手。我是不是太过主观了？

好儿　上

好儿：

这么惊慌无措地向一个男孩子示爱之前，要先考虑到后果。人家的家庭和教育背景你完全不知道，人家有了女朋友，你也被蒙在鼓里。如果你有心理准备的话，就不会因为看到他和女友在一起而吓一跳。既然你说会一直等他，就等下去吧，等到他和女友散了，你的机会自然会来。

你的态度是很明确的，不应该有任何烦恼。你说你可能会脚踏两只船，这也正确。不过，我要是你的话，他一旦表现出"没有良心"，我即刻抛弃他，"踏两只船"来干什么？

要求人家和你恋爱，他说"先做朋友"，这也很公平。他没有一口拒绝你，表示他对你还有好感；另外一个可能性是他太仁慈了，虽然不喜欢你，但是不愿意伤你的心。如果是后者，我劝你还是自动消失。要怎么样做才知道呢？很简单，你再写一张卡片给他，问个清楚。卡上写着如果还要等下去的话，下次再到店看他时，请他点点头；要是没有希望，请他摇摇头。还有什么可以比这样更清楚明了的呢？

你不是太主观，只是采取主动罢了，这不是每一个女孩子都能做到的。勇气可嘉，祝你成功。

至于说要等他十年、二十年，那是不可能的事，你自己会先变心的。不相信吗？我和你打赌，要是我输了，你要求什么都可以。女人是善变的，现在认为好的，一转头就会忘记，而且来得更绝情，到时即便人家跪在地上求你，你看都不会看一眼。

如果我是那个男孩子，对你也会心存怀疑。你说你喜欢他，他问你是不是认真的，你就应该肯定地大喊一声："是！"但是你的答案是什么？你说："是又怎样？"用一个问题来回答另一个问题，再蠢不过了。

蔡澜　上

如何得到她/他的爱

男人结婚因为疲倦,女人结婚因为好奇

> 天底下没有理想的妻子这一回事儿。王尔德说,男人结婚因为他们疲倦了,女人结婚因为她们好奇;结果二者都失望。

蔡先生:

你好!你为广大读者解答有关爱情生活的问题,此举实令世间上许多痴男怨女如得仙人搭救。

小弟心中存着几个问题,希望蔡先生能一一解答。
一、小弟与女友恋爱多年,但每当想有进一步"身体交流"时,不知如何开口,可否赐教一两招绝技?

二、另外想问的是,一位理想的妻子要具备什么条件?如三围、身高等。

三、最后想问,人人都为避免染上艾滋病而采用避孕套,只是,用避孕套是否环保(因为是塑料制品)?如想环保又要避免染上世纪绝症,有什么方法?

多谢蔡先生赐教。

读者 强仔　上

强仔：

解答你的疑难如下：

一、想和对方有进一步"身体交流"时，如果还要用到开口，已属下下招。

通常是不用语言的，握握手，搭搭肩，对方不表示拒绝，证明已有爱意。

接着，在两个人共同兴高采烈时，忽然向嘴唇一亲。如果被接受，便跟着热吻，后面的事不便具体说明，一切都顺其自然。

男人向女人示爱，多数怕失败了没有面子。要是对方不肯，又在别人面前讲你坏话，那还得了？

于是男人只有幻想，不敢行动，眼睁睁地看着对方和别人恋爱去。

如果一定要动口，那干脆说明自己有需要，但是会安全地用避孕措施。这种情形有两个结果：被打一巴掌，或是上了床。但是不问白不问。

你要还是那么胆小又顾虑太多，就说有个叫蔡澜的讲过这种话，你认为对不对？对方笑，你还有希望；对方连你也骂一顿，算了，找别人去吧。

二、天底下没有理想的妻子这一回事儿。王尔德说，男人结婚因为他们疲倦了，女人结婚因为她们好奇；结果二者都失望。

拼命去想今后的老婆是如何理想，总会娶到一个刚好相反的。

结婚这种制度，说不出原因，比小说、电影更奇妙，越分析越糊涂，还是中国人聪明，算在宗教头上，解释为"缘"。

大家都想娶一个美丽的老婆，到头来绝大多数一定会沮丧。如果众男人的愿望都能实现，那么天下丑女都嫁不出去了，人类将绝种。

三、避孕套是树胶产品不是塑料产品，能在土壤中分解。用树胶造的避孕套绝对环保。

你怎么会认为避孕套是塑料造的呢？实在无知。

你担心那么多干什么？如果你连树胶产品都害怕的话，这个问题不是用脑可以解决的，只能用手。

祝好！

蔡澜　上

有时候，得不到比得到更有趣

> 继续玩你们的爱情游戏吧。总有一天，对方把持不住，便能大功告成。

蔡先生：

您好！又是小弟，强仔。在上一封信中，先生所教的伎俩，我已尽数使出，连蔡先生的"名堂"也一并搬了出来，本想得失与否听由天命。

怎知，她（我一生中最爱的女神）的反应真的令我无所适从。

我可以由头到肚去抚摸她。

唉!可惜只可用手(我真希望全身都变成手指)。这种情形发了不止一次两次,而是好几次,令我异常兴奋后又无处发泄,惨矣!究竟她是什么意思?请先生再赐教。

另外,当小弟每次嗅到她身上散发出的淡淡香水味,便异常冲动,但是悲惨的是没有"出路"!

有时觉得很奇怪,究竟男与女之间,怎样才算得是"爱情""感情"或"友情",此三种"情"常令小弟分不清,请蔡先生为小弟详细剖析,实在感激不尽!

祝好!

读者强仔　上

强仔：

我知道，如果不早点儿回答，你将精虫上脑，弄不好会发疯。

你的女神到底还是一个对性充满好奇心的女人。答应你的要求，对她来讲也是在享受人生，并不完全是为了你。

中国女孩始终不像国外女孩那么开放。处子之身，还是看得很重的。例外的也有，你遇到的是占大多数的保守一派，这不能说是运气不好。

其实，你这个女神在思想上已经给了你，保持最后一道防线，是因为对爱你得还不够深。这种事越急越糟糕，慢慢来好了。你忍不住的话，自己解决算了，冲冷水澡也是个好办法。千万千万不能硬来，硬来只有死路一条。

"爱情"，是聊天、牵手、接吻、抚摸等行为。没有性的爱也存在，例子不多。

"感情"和爱情一样。

"友情"，聊天、拉手，就此而已。不能有下一步的举动，偶尔拍拍对方的肩膀，是允许的。

"爱情"进行到一半，没有"感情"发展下去，变成"友情"，只能听天由命。

先要有诚意，再加上一份"真"，就是种种情感的开始。

文字不能贴切地形容，完全靠经验。你还小，机会很多，别太强求，顺其自然，那么着急想知道一切，是不可能的。

有时候，得不到比得到更有趣，继续玩你们的爱情游戏吧。总有一天，对方把持不住，便能大功告成。相信我，绝对没错，等到那么一天，你再写信把好消息告诉我。

祝好！

蔡澜　上

谦虚是美德,过分谦虚则是造作

> 谦虚是美德,过分谦虚就变成造作。你的魅力由身体散发出来,挡也挡不住。

蔡澜先生:

你好!我有一个困扰许久的问题,希望你能为我解答,谢谢!

我今年十八岁,就读中五。自从去年和一个男孩子恋爱以后,原本本来自卑的我更加失去自信。一直以来,我在学校很活跃,因为好动、爽朗的性格,我身边有很多朋友,当中以男性朋友居多。在他们心目中,我是一个坚强、倔强且硬朗的女孩,什么事情都可以独自承担。

可是，我的内心世界却恰恰相反。我很自卑，很怕别人看着我。不知何故，有很多男孩子欣赏我，他们说我很有性格，样子很有气质，一接近我便不知不觉间爱上我。我的好朋友及女同学因嫉妒而出卖我，对我不满。表面上，我装出笑容，向她们解释，但内心却无比难受。不管别人怎样欣赏和赞许，我都没有为此感到开心。

我接受男朋友的追求后，他身边的朋友非常羡慕，说他厉害。如此高不可攀的女孩被他追到了，使他感到虚荣，感到追到我便可以诱到很多女孩子，于是瞒着我不断地和其他女孩鬼混。当我发现后，他便用很多理由去欺骗我，令我觉得一切都是虚假的。正因男朋友如此对待自己，我讨厌别人对我的追求。或许男孩子喜欢那种虚荣感才追求我吧？

请问，我怎样才可以打破心理障碍，不再自卑呢？我从不觉得自己漂亮和特别出众，我是不是很怪呢？有什么方法可以逃避男孩子的注意和别人的嫉妒呢？

祝好！

海蓝　上

海蓝：

对不起，你的问题我无法替你解答。因为它根本不是问题，而是上天赐给你的礼物。问题在于你无病呻吟。

你有漂亮的面孔、独特的气质；男孩子欣赏你，女孩子羡慕你，你反而没有自信。到底还要什么才能满足？谦虚是美德，过分谦虚就变成造作。

如何逃避男孩子的注意？根本就逃避不了。你的魅力由身体散发出来，挡也挡不住。

随着时光的飞逝，如果你七老八十的时候还想得到男孩子的注意，可能要付钱才能得到。

至于你的男朋友以你为荣，本来不是一件坏事，但太过沾沾自喜，变本加厉地把你当成一件专利品，就是很过分的事了。这种男人太轻浮，不要也罢，对人生毫无损失。

你那么好而他还去鬼混的话，有几个可能性：

一、他花心。

二、一山还有一山高，世上好看的女孩子多的是。

三、你在性方面输给别人。
四、你的自卑令他不能容忍。

既然你身边有不少追求者，不妨多相处几个，从中挑选，好过死死地跟着一人。反正在你的年纪，只是"小狗恋爱"，玩玩罢了！

向女同学们解释是完全没必要的，越描越黑，谁会听你啰唆？你向她们解释，也许是借故亲近她们吧？

你又说已经讨厌男孩子追求你，恨透他们的虚荣心，那么女的和女的在一起是否更好？

要打破心理障碍，或许你可以试着分析你自己。

唉！这世界太不公平。漂亮的女孩子已经那么少，还要来这一套，可惜！可惜！

如果你现在骂我胡扯，那么男孩子有福了，天底下又多了一个可以追求的对象。

祝好！

蔡澜　上

你甘心做"备胎"吗?

> 他和她一和好就不要你,一吵架便找你谈情说爱,这种男人要不得。

蔡澜先生:

你好。老实说,我快崩溃了,求你尽快回信。

四个月前,我发觉自己爱上了他,并写信跟他表白,但他没有回信。我一直给他写信,并和他有电话往来。两个月后,他和她开始约会,两个人十分亲近,她知道我喜欢他后很不快。又过了一个月，她对友人说不想要他了，他知道后很失落，常看着我（以前也有，但目光停留不久），并主动打电话和我聊天（以前是我打给他）。他问我若有合适的对象，能不能谈恋爱？我答不知道。后来他说，后悔当初选她不选我，但可惜已选了她并爱上她。他又说，我什么都比她好。

但不久，他与她和好如初，便再没有打电话给我，也少来看我。后来，他们又闹翻了，他又向我展开攻势。

我究竟该怎样？我越来越发觉我不敢再爱了，又不想失去他，我该怎么办？求你告诉我。

谢谢，祝工作愉快！

絮宁　上

絮宁:

我们一生之中会有很多次"快要崩溃"的时刻。

考试之前没把书读好,把家中重要的东西弄坏,欺骗了兄弟和父母怕他们知道等,都是"快要崩溃"的。

但是,我们却活得好好的,没发神经病呀!现在看起来,当时的"快要崩溃",真是好笑。

所以,不如把"好笑"预支,先笑笑,再去应付那些"快要崩溃"的感觉吧!

从你的来信看,没有"快要崩溃"那么夸张。你只不过是一个"备胎",可有可无,你紧张什么呢?何必把自己置于那么没有用的地步呢?

你能主动地写信向对方示爱,这表示你是一个勇敢的人,你应该有自信才对。

虽然他没有回信,但继续和你通电话,说明你绝对有机会得到他。问题是,一个朝三暮四、反反复复的男人,是否值得你去爱?

他和她一和好就不要你,一吵架便找你谈情说爱。这种男人要不得。

但是如果我是你,也会犹豫不决,不敢再爱又不想失去他,怎么办?

好办,我有方法。

你先告诉他,刚刚认识了一个新男朋友,而且感情发展很快。

如果他知道你已有新欢,还是想见面,那就顺其自然地和他见面好了,但也要把他当成"备胎"。

要是他知难而退,那表示他对你的感情非常浅,你也不必后悔。

如果你们交往到有了好的结果时,直接告诉他其实只爱他一个人。

当他骂你欺骗时,你可以说这是蔡澜这个坏蛋想出来的馊主意,不是你的错。把一切过错推在我身上,我代你担当。

如果他还是表现得可有可无的话,你也应该用可有可无的态度去对待他,这种"以彼之道还施彼身"的绝招永远用得着,永远不会失败。

祝好!

蔡澜　上

两小无猜平常事

中学生谈恋爱已经不是什么大不了的事,如果不妨碍学业,我相信所有的人都不会反对。

蔡澜先生:

你好!

我和他都是中学生,他比我大两岁,就读于不同班级。我们是去年认识的。记得我们初相识时,很像一对小冤家,只要一见面就是你说我、我笑你,但都是欢喜收场。

也许是因为我们天天见面,所以日久生情,我发觉自己有点儿喜欢他。由于身旁大多是很"八卦"的女生，她们常传我和他"有一腿"。但当传闻传到他的耳边时，他却表现得毫无反应，我只好不加理会。

今年升了班，我和他的传闻越传越广。无论认不认识我们的人，都知道我们的事。因为今年我们的关系已更进一步，已不限于谈天说地，还一起逛街、四处游玩。在街上被人看到，又再次传出"绯闻"，但他并没有反应，只是低头微笑，但我却有一点儿害羞的感觉。我们一起上学、放学、吃午饭、去图书馆，好像有说不完的话。有时，他还牵我的手，摸摸我的肩膀。我并没有反抗，顺其自然。有时，我打电话给他，他的家人好像不满意，要他挂线，而他坚持要和我聊天。

我有以下问题请您帮我解答：
一、他对我有没有意思？
二、他对我有所"行动"而我没有反抗，对吗？
三、在图书馆聊天算不算"偷情"？
四、我打电话和他聊天，有什么方法不会令他的家人反感？
五、有什么方法让班里同学不再传我们的闲话？

女孩子　上

女孩子:

真是个名副其实的女孩子,天真、单纯、可爱。

中学生谈恋爱已经不是什么大不了的事,如果不妨碍学业,我相信所有的人都不会反对。

而且,你们的关系只是拉拉手,摸摸肩膀,发乎情,止乎礼。没有令自己蒙羞,也没有伤害别人,一切很自然地发生和进行。

天天见面,日久生情,有什么不好?身边八卦女生传你们有"绯闻"又怎么样?岂不是比她们好?

在街上散步被人家看到,低头微笑及脸红都反映出你们最初的经验,好好珍惜吧!再牵过几次手,想脸红还不易呢!

回答你的问题:

一、他对你的确是有意思的。毫无感情的话,他为什么还和你一起吃中饭,一块儿到图书馆?一点儿都不爱你的话,叫他牵你的手,叫他摸你的肩膀,那比登天还难。

二、他对你的有所"行动",根本谈不上是"行动",只是比友谊更深一步的表现,很自然,不必回避。你没有"反抗",表示你也喜欢,这也绝对没有错。

三、在图书馆聊天也算"偷情"的话,那么有许多人也和你们一样在"偷情",你们是占大多数的,不必有什么罪恶感。

四、你打电话和他聊天,他家人不喜欢,也是人之常情。家长爱护儿女,不想让他们花太多时间在打电话上,是可以理解的。办法是有的,你以后别主动打给他,让他打给你好了!他家人答不答应,是他应该处理的事。

五、没有办法,嘴长在人家身上,人家要讲什么,谁也阻止不了。

女孩子,你根本没有必要烦恼,等到有那么一天,他向你做出更进一步的身体接触时,你再去担心也来得及。到时你处理不了,可以再来信,我尽量帮你解决。

祝好!

蔡澜　上

做傻女，不要做蠢女

> 要是有人骂你们傻，那么这个人一定很可怜，他没有傻过，也没有年轻过。

蔡澜先生：

你好！客套话不多说了。

我今年十四岁，暗恋一个比我大两岁的男孩子（Raymond），他有一个相识三年的女友（咏仪）。本来我同 Raymond 很要好，因为我们两个人都很好玩。我暗恋 Raymond 的事被一个同他颇熟的"八卦"

女同学知道了，她在一大班同学面前问我是否属实，我当然说不是啦！结果我被迫说了一个天大的谎话，告诉所有的人，我喜欢是 Raymond 的同学阿徽。现在，我和徽已恋爱一个多月了。

而现在，我很想跟阿徽讲清楚，我喜欢的是 Raymond。

我有以下几个问题：
一、我要不要告诉 Raymond 我喜欢他？
二、我要如何向阿徽讲出事实，还是不向他说出事实？
三、我要如何做才可让 Raymond 喜欢我？
四、我和 Raymond 都喜欢玩，我又常跟他开玩笑，我怕我说出我喜欢他，他会不信。我怎样做可以让他相信我？

祝身体健康！
生活愉快！

傻女 Michelle　上

Michelle：

　　你自称是傻女，其实一点儿也不傻。你们的年纪做的都是傻事，要说你是傻女，那么你周围的人都是傻女、傻仔。

　　在大家都傻的时候，你的行为是很正常的了。

　　你们年轻人有你们的世界，要做什么就去做什么，管其他人说什么呢。

　　要是有人骂你们傻，那么这个人一定很可怜，因为他没有傻过，也没有年轻过。

　　你不说客套话，我也不说客套话，大家平等，好不好？

　　在我看来，你不是傻女，是蠢女。傻女与蠢女分别很大。傻女会长大，长大便不再是傻女，会和我一样慢慢变老。但是，蠢女是没药可医的，也长不大，永远是一个白痴。

　　在我十六岁时，也曾有一个像你一样的十四岁的少女暗恋我。当年，我也已经有一个认识了三年的女朋友。

　　我认识了这个暗恋我的十四岁女孩之后，也认为我们比较合得来，两个人个性很接近，很爱玩，很爱开玩笑，很喜欢大笑，很容易感受不到旁边人的存在。

这个暗恋我的女孩子被别人追问是否喜欢我,她只好假装说已有其他男朋友,爱的不是我。

当我听到她已和男友恋爱了一个月的时候,我很嫉妒,我希望这个女孩子告诉我,她在骗我。

我也知道她很有可能在撒谎,但是我更希望她能直接告诉我,其实她爱的是我。

我希望这个女孩子大大方方地跟我说:"我爱的只有你一个。"

要是她告诉我她爱我,我会放弃已经交往了三年的女友,去爱她。

我会相信她所说的一切。

但她把所有的事藏在心里,我的自尊心又令我不敢开口问她;不能爱她,她就这样在我的生命中消失了。

你不至于傻到看不懂我这封信吧。

祝好!

蔡澜　上

爱上一个不相识的女子,怎会是错?

> 爱上一个不相识的女子,怎么会是错?爱情都从不认识开始的。爱上对方却不敢开口,才是大错特错。

蔡澜先生:

你好!我读过你的文章,你解决过无数个爱情难题。这一次,我被一件很难解决的问题困扰着,希望你可以教教怎么做。

我今年刚满十八岁。这件事发生在去年九月份,记得当时我们两个一起走出大厦大门,突然有一只流浪狗跟着她。起初我并不在意,直到狗朝她汪汪叫,路人都望着她,才注意到她。当时的她以笑容遮羞,快步走开了。自此,我便喜欢上了她。其实,我在一两年前已经见过她,但没有细心留意过。

为了能够每天见到她，我尝试"捕捉"她放学的时间点，结果成功了。好景不长，大约一个月后她的男友出现，每天接她放学，我见她的机会变少了。每天在公交车站看到他们二人走进学校，我内心非常嫉妒。在男友的陪伴下，她总是面带笑容。我多希望自己是她的男友。我恨自己没有好好把握机会。论机会我绝对多，但无奈到现在我们还都是彼此的陌生人。

蔡先生，请指点我一下，我应不应该主动去认识她？我应该用什么方法？我和她的男友是否有机会竞争？

现在我的处境可以用"今日未知明日事"来形容，每次见到她都是碰运气，都不知何时会再见。我只知道她居住的单元，却不知该怎样做，只能坐等机会，我这种做法是否很懦弱？但是，我想不到更好的方法。我是不是一开始就错了，爱上一个不认识又有男友的女人？

蔡澜先生，我知道我写得非常繁琐，也实在不善表达我的心情，耽误了你很多宝贵时间，但希望你能尽快给我一些意见及解决办法，谢谢！

小民　敬上

小民：

我刚刚从旧金山回到香港，和一位叫倪匡的老朋友提起年轻人的烦恼，我们都觉得一切是由你们心中制造出来的。因为你们没有初恋和失恋的经验，便把它幻想为一件又伟大又要生要死的事。这是无法避免但又不是不能克服的，只要让自己相信，这段痛苦一旦完全成为过去，就会舒服一点儿。

有人认为，一见钟情要看到对方的脸才会产生。其实这"一见"是一个动作、一个情景，即可感应。就你的情况来说，你将一生记得一位少女被一只小狗跟随，她慢慢地转头，露出那难忘的微笑。

这种欢乐是人生最高的享受之一，你已体验过，今后要是有同样的情形产生，也再不会感到这种冲动，好好地珍惜它。

凡事不一定都会有结果的，这段情将会怎样发展下去，听天由命好了。知道了，得到了，反而易令美梦破灭。

当然要采取行动。要是你看过我的文章，就应该知道我做事的态度是积极的，看而不做的弱者行为，到头来只会让对方白白地消失，只能怪自己。

你每天守着她并望着她，我相信对方不是一个傻瓜，没有不觉察的道理。她只是心中在笑，笑你为什么不鼓起勇气。

你看到的所谓"男友"，也可能只是她表哥之类的亲戚，她不一定已经爱上了他。如果你连这点也不确定一下，对不起她，也对不起自己。

也许她喜欢的是你呢。你为什么不给彼此一个机会试一下？

用什么方法？

一、向她来个微笑。

二、假装慌手慌脚地把捧在手中的书弄丢在地上，看她帮不帮忙。

三、直接走上前和她说话。

四、抚摸她身边的流浪狗。

五、买朵花送给她。

六、自己在她面前跌一跤。

七、和她的"男友"理论。

八、当她从你身边路过时，假装昏倒在地上。

爱上一个不相识的女子，怎么会是错？爱情都从不认识开始的。爱上对方却不敢开口，才是大错特错。

证明自己不是懦夫吧，先走第一步。

祝好！

蔡澜　上

怎样让他知道我的爱意？

> 机会在你自己手上，你让它白白溜掉，是不值得怜悯的。

蔡澜先生：

我喜欢读你的文章。大约一年前，我开始对一位我并不认识的男孩动了情。一年来，我时不时在他面前出现。他在一家出租日本影碟的店里工作，我每天跑去见他。直至最近，我用了我最大的勇气，并利用还影碟的借口，将一张卡片送给他，卡片中问他"可否给我机会"。数天后，我托好友问他结果如何，他只说先做朋友，以后再说吧!他把电话号码给了我好友,叫我晚上十一点后再找他。结果我并没有打给他,因为太晚了。

不久,我的好友告诉我,在地铁站碰到他,他正与女朋友在一起,还开开心心的。现在,我不知如何是好,也知道他不选择我是否因为他已有女朋友。

过去,我有许多"男朋友",没有一个是认真的,但这次我真的是认真的。我不想再做一个"过渡"情人了。

先生,帮帮我吧!

我也想知道怎样能让他知道我对他的好呢?

祝身体健康!事业蒸蒸日上!

Hody 字

Hody：

首先，我要称赞你。

你很大胆，采取主动，写卡片向男生示爱。这不是那些一般扭扭捏捏的女孩能够做到的事，需要很大勇气。

很幸运，那个男生没有对你不理不睬，也没有一口拒绝，反而很大方地说先做个朋友，还把电话号码给了你。

但是，哈哈哈，你没有打电话给他。

如果是因为父母、因为家变、因为地震、因为车祸，我都能理解为什么你不打电话给他。但你的理由只是"太晚了"。好个怕太晚！

根本就是开玩笑嘛！要是我是那个男的，也一定会那么想：就算我是喜欢你的，因为你不来电话，我的自尊受到伤害。你一定是在逗我吧！好，交多几个女朋友给你看看，别以为我只在等你一个，我想要的话自有不少。

你聪明，猜出他不知道你对他好。哈哈哈，他不仅不知道你对他好，他还知道你对他不好呢！

那么，怎样让他知道呢？我来教你。

你去租一部你喜欢的日本电影，日看夜看，看它一百遍。日语一定能学会，等到你的日语能流利表达的时候，再向他表白，说学日语是赎罪。这样才有机会翻身。

要是他还是不能原谅你，也没关系，这时你已经是日语专家了，有机会追木村拓哉，还要这个男人干什么？

蔡澜　上

摧毁你事业的是你的纠缠不清

> 选择一样好了,放弃丈夫或者情人,要不然,两个都不要,做个单身而快乐的女郎,也是上策。

蔡澜先生:

我怀疑自己有心理问题,直接点儿说就是变态。

在别人眼中,我是一个名副其实的"成功人士",才三十岁出头,年薪近千万,家庭美满。我丈夫很爱我,结婚十年,虽无子女,但因为我并不十分喜欢带孩子,所以也不算是憾事。由于生活惬意,跟同龄的朋友相比,我看上去比他们年轻七八岁。派对上,男士总是围着我转。可是我内心很痛苦,没有人会明白。

三年前,我爱上了我的一个下属,但在外人看来根本没可能。他外表还可以,但走在街上,别人会说他是我的司机。老实说,我们并不般配。我跟他偷情,丈夫有过怀疑,但我的演技实在太好了,而且以旁观者看来太过滑稽,所以丈夫还是相信了我。

三年来,我在事业上不断扶植他、栽培他、鼓励他,但他身边的女伴却"川流不息"。他是一个浪子。我曾请私家侦探跟踪他,结果不出所料,他已有稳定的女朋友,而且还有无数个"偶尔见面女朋友"。我伤心得不得了,我跟他吵,他没什么反应,只说受不了,压力太大,叫我离开他。于是,我们的关系开始恶劣。离开他,我不甘心!那些女孩子相貌普通,也没好身材,什么也没有,我哪里比不上她们了?

我想过离开香港,但放不下我的事业,毕竟这是我多年来挣回的成果。我出身并不富裕,成功来之不易。我想过离婚,但那个他并非可托终身之人。

我恨自己下贱,竟然背夫偷汉;我恨自己无用,竟然留不住这么一个没什么了不起的普通男人。其实,我更恨的是自己无勇气面对被情夫抛弃的事实。这样纠缠不清还像个有骨气的人吗?

十年以来,我在商场上无往不利,调兵遣将,从容不迫,没想到竟然闯不过这关,我该怎样才好?蔡先生,救救我。

祝好!

活死人　上

活死人女士：

你不是一个变态的女人，放心。没有人能救得了你，如果你不救自己，这封信请不必再看下去。

事业成功、年薪千万的女人，爱上一个像自己司机的男人，当然不是因为他的 IQ 很高，相信他有"过人"之处吧。这个人"胃口"也极大，不然也不会逢女人便"杀"的。

你离不开他，是因为只有他能带给你满足。令你苦恼的最大的原因是你自视太高，认为这么一个男人也控制不住。男人对女人的肉体会生厌的，你再好，被他睡过，也不稀罕了。

一走了之也不是办法，在国外，你还是会永远恨自己。

只要你有悔意，这段婚姻还有救。但是，从你的来信看，后悔的只是这个情夫不爱你，那么注定已经失败。

这样吧，继续维持目前的关系，再找别的男人。在这社会中，有许多成功的男人背着太太做同样的事。男人可以做的事，女人也可以，这才是平等。况且，你的演技那么好，只要丈夫不知道，就不会伤害到他。

你也不必一直自感下贱。能够摧毁你事业的,是你的纠缠不清。这是致命伤,你会越想越气,到最后弄到悲剧收场。

对婚姻内疚,对情人的烦恼,两者都伤身。你选择一样好了,放弃丈夫或者情人,要不然,两个都不要,做个单身而快乐的女郎,也是上策。

你不会因为没有这个人就死去的。这样想吧:如果他并不是一个坏蛋,他没有拍下你的私密照片来威胁你,你就应该偷笑了。

多结识一些男人,也许其中有一个比他更"伟大"呢。照你形容的自己,有钱又貌美,怎么会找不到?

祝好!

蔡澜　上

谁是我的真爱？

纠缠不清,是自寻来的烦恼

> 死结,绝对解不开,这已经是事实。既然这样,唯一的方法是剪掉。

蔡澜先生:

你好!心里有太多疑问,希望你帮我一一解答。

我和嘉慧相爱三年,一直过着平常的恋爱生活,两个人都希望将来相伴到老的是对方,但好景不长,三个月前我身边出现了另一个女孩——美玲。她不算美丽,但带给我一种心跳的感觉。

起初，我们只是同事关系，日常工作的接触是免不了的，我会有意无意地关注她的一举一动。看到她和别的男同事嬉笑时，我竟心生醋意。我不知道自己在做什么，开始对我的念头产生恐惧。身边的嘉慧对此并不知情，还是努力地爱着我。

有一天，事情发展到糟糕的境地。美玲主动约我去看电影，我心里当然开心，但我要怎样面对嘉慧呢？我竟然对她撒了一个谎，心想能拖多久便多久。然而，事情又哪有这般如意？在送美玲回家的途中，我碰到了嘉慧的好友。

当晚嘉慧的电话就打来了，我心里不知怎么办。当嘉慧问我还爱不爱她时，我竟答不出，我应该怎么做才好？三年的感情，不是一朝一夕，美玲对我的爱又该如何处置？蔡澜先生，请你帮我解开这个死结吧！

读者明　上

明：

　　美玲带给你心跳的感觉，她在别人身边你会吃醋。这表示你喜欢她。

　　但是，她有没有说过她也喜欢你？虽然她主动约你去看电影，但也许你误会她对你有意思。现在的女孩子约人看电影不是一件大不了的事，至少和接吻、上床还有一大段距离。

　　嘉慧在电话里问你还爱不爱她？

　　答案只有两个：爱，或不爱。既然三年的感情不是一朝一夕建成的，就坦白地说"爱"好了。

　　问题在于要不要告诉她你已喜欢上别人？这答案也简单，女人绝对不喜欢听到男友有新欢的消息。那只有骗她说她朋友看错了，打死不承认。

　　等到下定决心的那一天，你再向她说出真相也不迟。骗人不是没有良心，这和良心没关系。

　　同时爱上两个人，例子太多，要不然怎么会出现"三角恋"的故事？

死结，绝对解不开，这已经是事实。既然这样，唯一的方法是剪掉。

犹豫、纠缠不清，是自己寻来的烦恼，不值得同情。有些人说："道理我知道呀，但是做起来不易。"

说这种话的人是不是该死？怎能试也不试，就以一句"不容易"来推掉？

你的疑问，一点儿也不奇怪，这种事不止发生在你一个人身上。喜新厌旧，大家都一样。原谅我，我不能为你解答难题。一切只有你自己去处理。

从你的心态看，你不像一个有资格结婚生子的男人，因为这种简单的问题已搞到那么复杂。你继续和两个女人恋爱算了，等过几年你再担心吧。

要烦恼，也该同时爱上五六个女子时再烦恼，你说是不是？

祝好！

蔡澜　上

一直爱着你的男人,是完美的男人

> 你之所以不甘心,是你恋爱的次数太少。如果你经过种种的爱情洗礼,你就会发现一个不出声而一直爱着你的男人,是一个完美的男人。

亲爱的蔡澜:

你好!

容许我用这一个亲切的名字来称呼你吧!正如你所说,两者兼得才是皆大欢喜,可惜我已失去选择权,但又不甘心放弃,于是鼓起了最大的勇气给你写信。澜,给我一点儿意见吧!

本人今年二十四岁,于三年前结婚,婚后的日子总让我感到枯燥,或许与我的丈夫比我大七岁有关吧!他一向沉静、少说话,毫无幽默感,闷得要命,但待我却相当好。有时候,我还怀疑他给我的到底是爱情还是父爱，我变得矛盾和不甘。不甘的是我还年轻，有时间，难道要我就这样度过余生吗？可能你会认为我自私，但希望你能明白，我是为了将来、为了自己。

数月前，我在体育馆认识了Adam，他虽然只有十九岁，但与我却很投缘，最重要的是每当我和他在一起时，总是开心地笑个不停。与Adam在一起我才感到恋爱的幸福、恋爱的意义，我幻想时光真的能倒流，把我的美梦永远停留。就是因为Adam的出现，我才真正了解到快乐是要靠自己争取的。

澜，Adam曾对我说他体谅我的遭遇，但幸福始终是由我来掌握，若我能放弃我的丈夫，他将会给我一生快乐和美好。这一番话曾打动我的心，更令我流下深情的泪。他说："爱情是不分年龄的，重要的是两个陌路人能找到真爱的意义和快乐。"这句话在我的脑海里反复回荡，我到底该不该在今天作出一个抉择？明日的爱和幸福就来自这次决定？

澜，你能了解我的烦恼吗？我真的不知如何才好？丈夫待我肯定是好的，但我得不到快乐的感觉。当我找到能给我快乐和感觉的Adam时，我又在想，爱真的可以冲破年龄的界限？若我真的为这个理由而放弃我的丈夫，会不会太残忍？若我真的放弃，那会不会伤透他的心？

无奈人静雯　上

静雯：

人，永远都不甘心，很少有安分守己的。得不到的东西，永远是最好的。

相信在你二十一岁嫁给现在的丈夫时，也不是父母之命，而是热恋结婚的吧。

当时，你就应该知道丈夫是一位个性沉默、没幽默感、闷得要命的人了，那为什么还要嫁他？

也许你会解释，这些缺点是后来才慢慢发觉的，但是他比你大七岁这件事，不是今天才知道的吧。

你之所以不甘心，是你恋爱的次数太少。如果你经过种种的爱情洗礼，你就会发现一个不出声而一直爱着你的男人，是一个完美的男人。

现在的年轻男友给你欢乐，给你刺激，你当然受不了这个诱惑，因为你没有尝试过。

同样，如果这个年轻男友娶了你，他也会有不甘心的一天：不甘心和大他五岁的女人在一起，没有试过年轻的女人，要是遇上了，他也会学你去找刺激、找欢乐。他也会受不了这个诱惑，因为他没有尝试过。

"爱情是不分年龄的，重要的是两个陌路人能找到真爱的意义和快乐。"哇，这句话说得实在伟大。女人比男人老得快，根本就是生理的事实。就算年纪相同的男女，女的看来相对显老，何况差了五岁。要命的五岁！如果你们结婚过十年，他就不会发表这种"伟论"了。

但是，你说的也对，你还年轻，还想轰轰烈烈地去爱。好，就去爱吧，就去离婚吧。别那么拖泥带水，想做就去做吧！不过，做了就不要后悔！

做错事，会上瘾的。这次一错，再来，再来，再来，到最后，你会变成一个好女人，可能是嫁了十八次的缘故。

终结地回答你的问题：

一、丈夫对你好，你对他更好吧！

二、年龄，是有界限的。

三、为了这个理由和你丈夫分开，对他是残忍的，毫无疑问。

四、会不会伤他的心？就算白痴也明白。

蔡澜　上

感情移民,给彼此自由

> 太有安全感的城市,如东京、巴黎,都老化了,阴沉沉地毫无生气。太稳重的感情也会恶化!

亲爱的蔡澜:

你好!

本人今年二十三岁,但困扰我的事情实在太多了,希望你能给我一点儿意见!

大约在三年前,我与前男朋友分手了,问题在于我太渴望自由了!他待我好,是铁一般的事实。可是,他的关心令我抗拒得要命。

或许是他想早一点儿成家，故死死地封锁我的自由吧！因为这样，我心一横放弃了他。虽然在分手那天他真诚地挽留过我，但那一刻我只管自由和工作，还装作一点儿都不伤心，令他非常无奈。

事情过去好一段日子了，我也再一次恋爱，可是这次的事情却有点儿不同。

我俩在一起已有大半年，感情还算不错，但是他的工作令我太操心了：他经常要到外地出差，两个星期也未必能见上一面。虽然他会给我打电话，但这些并不能证明他对我的爱有多深！

就是这些因素，我开始感到他对我的重要性。可惜，他只带给我恐惧和无奈，我常会无缘无故地情绪低落，我该怎么办？

其实我也想过分手或放弃，总好过事情真的要来临时那么残酷。我想起一句话"风水轮流转"，莫非前任的事让我蒙上了阴影，故此我在现任身上也得不到信心，最后一切烦恼终将落在我自己身上？蔡澜，你能明白我的心情吗？可否教我如何选择？

祝生活愉快！

倩婷　上

倩婷：

谢谢你，我很好；读来信，我知道你不太好。
来，让我们聊聊吧。
三年前的你二十岁，和男友分开，为的是重获自由和前途。这一点，你做得很对。

试想，跟一个占有欲太强的男人过一生，是多么痛苦的一件事！这是你这个年龄段的想法。如果你是一个老处女，又会很希望有这么一个男人出现。你们两个人都没错，错在时间上不吻合。

新男友的缺点是离开香港的时间太多，但是等你成熟一点儿，你便会发现两个相爱的人，二十四小时、每月、每年在一起，才是痛苦。爱自由的人应该知道留一点儿空间给自己，世间有多少女人，巴不得身旁的人走开一段时间，让她们可以冷静地思考。

天底下最美妙的婚姻莫过于：在一起半年，分离六个月。在此期间，最好男的不去鬼混，女的能洁身自好。如果做不到，则各自开心，亦无不可。

现在的男友不能带给你安全感，那么我告诉你，我们都有这种遭遇。不知道明天会发生什么事，这才刺激，这才令人拼命地工作并珍惜目前的一切啊。

太有安全感的城市，如东京、巴黎，都老化了，阴沉沉地毫无生气。太稳重的感情也会恶化！

你要是受不了刺激，便"移民"吧。我说的这个"移民"是感情移民。

才二十三岁，今后，你要交的男朋友不知道有多少呢，为了区区的两个男人烦恼，差不差？

我当然能够明白你的心情。爱情是没有抉择的，或者无条件地爱，或者无条件地分开。你说"风水轮流转"，以为失败过一次，下次又会失败。看你对新男友的要求，就是你前男友对你的要求。新男友也在追求事业和自由呀！也许，更恰当的说法叫"报应"吧。

祝好！

蔡澜　上

女人对第一个爱她的人,总是忘不了的

你既然要求多次的爱情,现在就去试吧。试过之后,发现还是这个男人最好,再回到他身边。

亲爱的蔡澜:

你有丰富的人生经验,纵使未必能为每个人解决烦恼,但总会给人以精辟的启示吧!

其实我算不上陷入极度苦恼之中,但就是感觉"不知怎么办",不快乐,也谈不上痛苦。

我跟男朋友恋爱已有四年，他是我大学同系的师兄，高我三级，大我五年，自然比我成熟、实际，时常教我应如何为人处世。

现在，我踏入社会工作差不多一年了，对这段感情开始觉得很腻。我越来越发觉受不了他的教训，虽然我知道他是为我好，但他太自我了，以为自己永远是对的，有时实在难以和他沟通。最过分的是，他很封建，很介意我与其他男子谈得来。有一次，我与男同事顺路同行，他见到后竟板着脸，使我非常尴尬。

有时，我真的很恼他，但他说是太喜欢我才会这样紧张我。事实上，他很迁就我，对我和我的家人很好，我父母也视他为未来女婿。这点反而使我更有压力。

他是我第一个男朋友，而我则是他第四任女朋友。有时我会想，没有与其他男子恋爱过就与他结婚，好像根本不知道最爱是谁，年轻的恋爱应该是多姿多彩的吧！

蔡澜，请你给我一点儿意见，谢谢你。

祝好！

婉仪　上

婉仪：

在还没嫁给他之前，你已开始嫌三嫌四，结婚之后一定更痛苦。趁年轻，快点儿离开他。

不然，你又自怨自艾，说什么没有和其他人恋爱过。你既然要求多次的爱情，现在就去试吧。试过之后，发现还是这个男人最好，再回到他身边。

办法是这样的，坦白告诉他，说你很闷，需要尝试新生活，又受不了他那种像父亲一般的管束，不知如何是好。

他听了绝对会反问："那么你想怎样呢？我是改不了的！"

你告诉他要离开他一阵子，之后有两种可能：

一、他会觉得你很贱，永不见你。

二、他会对你更好，希望你能回到他身边，也会改正自己的缺点。

为了保险，你可以说你还是很爱他的。你的确还是很爱他，是不是？只不过你贪心一点儿，想多玩一阵儿。这也不怪你，你们年轻人总是充满好奇心的。

他会说,既然你爱他,为什么又会说出这种话。那么,你就诚实地说,你想追求多姿多彩的生活,让他给你自由吧!

这男人听了一定气死。

这时你可以撒谎了。你说你只是想尝试人生,但还是爱他,答应他永远不和其他男人睡觉。

等过几年后,要是他还爱你的话,那么再结婚吧!

男人有了希望,又看你承诺得那么诚恳,便会心软,让你自由去!

你今后遇到什么人,现在大家都不知道,要看你的造化了。总之,你如果喜欢对方,爱到非上床不可,就顺着自己的判断去做吧,但是绝对别向男友坦白。

留个余地,这个你认为又专制又无趣的男人,说不定是一个好男人。大你五岁,也是一个很适合的年龄。而且,女人对第一个爱她的人,总是忘不了的。

祝好!

蔡澜　上

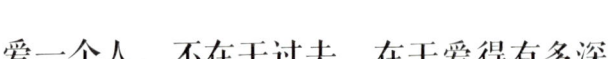

爱一个人,不在于过去,在于爱得有多深

把"阴影"拿出来坦白地讨论之后,再消除掉,不是所有人都能做到的,这是天底下最难的事。

蔡先生:

小弟从事服务行业,节假日也要照常上班,家中兄弟姐妹不多,父母已去世,社交圈子很窄。

本人已过而立之年,经年轻朋友介绍认识了两个女生,一个在香港,另一个在内地。香港的女朋友教育程度低,与我兴趣相差好远,见面时对于我提出的活动表现得十分冷淡，只肯时常陪我吃饭逛街；至于运动、交流探讨、观赏夜景，她一律没有兴趣。她相貌普通，不会打扮，爱面子且有些固执。

内地的女朋友则懂得打扮，讨人欢喜，兴趣与我接近。我是在她到香港旅游时经朋友介绍认识的，后来得知她做过"三陪"女郎，内心一阵难过。我曾安慰自己，自己和她只不过是朋友关系，根本无权干涉她的生活。

蔡先生，两位女朋友中，我始终喜欢内地那位，我觉得她更适合。遗憾的是她是"欢场"中人，根本是一段不真实的感情。但我依然爱她，我是不是太傻或过于感情用事？我与香港女朋友之间的感情一直都没有提升，但是这份感情似乎较易掌握，而内地女朋友则相反。

蔡先生，我应该怎样处理这两份感情呢？另外，有时与异性朋友交往，对方会以为我要追求她，这令我不知所措，是不是我的言行举止出了问题？

SIMON CHUNG　上

SIMON：

从来信看，你这个香港女朋友实在可怕。

学识低、不会打扮不要紧，相貌普通也能日久生情。但是，爱面子是致命伤，固执也是医不好的。这种人心理极不平衡，有严重的自卑，还容易成为"自大狂"。俗语说"丑人多作怪"，这便是活生生的例子。恋爱时已这般表露无遗，嫁了你之后不变本加厉才怪。

而且，缺点不止于此，她对任何东西都不感兴趣，多么枯燥无味！这种人在性爱上有特别的功夫吧？不然还有什么东西能吸引你。

不必犹豫了。避之，避之。

与异性交朋友时，对方会以为你在追求她们，可见你是一个相当有吸引力的男人。只要你出自无心，举止又有什么问题？别人的幻想，你是不用负责的。我倒是要劝你，既然对方有意，不妨多交几个，事先讲明只是玩玩，玩过后一拍两散。

至于内地的那个女人，的确是迷人的种子。

美丽、讨人喜欢、兴趣接近的异性，是难求的。当然，太过顺利也没刺激，她的问题只是曾在"欢场"工作过。

"欢场"女人就不是人吗？一生不用嫁了？可能，她会找到一个不知道她过去的男人，但这个人也不一定会像你那么爱她，那多可怜！

爱一个人，不在于这个人有什么过去，而是爱得有多深。把"阴影"拿出来坦白地讨论之后，再消除掉，不是每个人都能做到的，这是天底下最难的事。但是也有人可以克服，不知道你有没有那种勇气。

如果你是自信的，就继续追求她吧。如果她知道你了解一切还能如既往地爱她的话，绝对会被感动的。

不然，这两个女人你都放弃，去找第三个女友。到时你会发现，你的所有问题都是女朋友不够多导致的。

祝好！

爱情轻伤,很快就好

> 有目的,就去争取,这才是做人的正确态度,才能在社会上立足。

蔡澜先生:

你好。我是一个二十出头的女孩子,出来工作已差不多两年了。其间,我也被人追求过,也遇到过自己心仪的男孩子,但因为害羞没有和他们深入交往,所以始终没有正式恋爱。

半年前,我进了一家公司做文员,认识了E君。他是那种看起来比较轻浮的人。不知怎的,我常和他斗气,简直是一对天生的冤家!但世间事真的很奇妙!当我临离职时却又和E君开始有说有笑。这期间,E君多次约我。只是我还是害羞,觉得变成了朋友好像有点儿怪。其实那时大家已开始有"感觉"了,E君是不是想追我?

我从公司离职,但和E君不时电话联系(是我先打给他的),我们在电话中谈得很投机(感觉就像和男朋友煲电话粥一样)!一个月后,我们便正式约会,大家也带了朋友出来,只是那次约会令我好失望。E君嬉皮笑脸又玩世不恭的态度,令我觉得好讨厌。于是我发了很大的脾气,扭头走了。几天后,E君主动打来电话,但没有再提及约会的事。

一、蔡先生,如果你是E君,你会不会认为我特别容易发脾气,比较高傲?

二、你是男人,如果你真的爱一个人,会不会想尽办法找到你爱的人?

三、我有错吗?我是否应主动去找他?我有种被人抛弃的感觉。唉!为什么呢?

信太长……请原谅,Sorry! Sorry!

有心人 上

有心人：

你自称"有心人"，但是从你对他的态度来看似乎不太"有心"。

我要是你那个男朋友，也不知道你在想些什么。忽冷忽热的，以为天底下只有你一个女人吗？你这样怎么去交朋友？他当然认为你是爱发脾气、高傲的啦！

回答你的问题：我如果爱一个人，一定会想尽方法去找她的。她不接我电话，我就到她楼下等她。

是的，错在你。你既然看不惯他的嬉皮笑脸，就别再想他好了。

主动地去找他，是解决问题的唯一做法，否则你会一生自怨自艾。

为什么会有被人家抛弃的感觉？被抛弃的应该是他。他曾经说过很爱慕你，这一点还不够清楚吗？对方讲完之后，你又不理人家，他打过两三次电话给你都没有下文，就知难而退了嘛。

一切都是你闯出来的祸，爱也是你，恨也是你，甚至感到被抛弃，都是你自己幻想出来的。

不过，话说回来，你只是和他打打电话，信中没有提及他有没有牵过你的手，我想连接吻也没有吧？

这怎么能算是恋爱呢？

你猜疑他是不是在玩弄你，这怎么能算是玩弄呢？真正的玩弄，是要动手动脚的玩弄呀！我的天！

算了，算了。别多想他，找个真正可以把你的头靠在他肩膀的新男朋友吧。你现在的情形不是很严重，是爱情轻伤，马上就会医好的，不必太担心。

你今年才二十出头，有人把机会等着你，下次不要再犯傻了。有目的，就去争取，这才是做人的正确态度，才能在社会上立足。整天埋怨，会变成一个二十出头的老太婆。

祝好！

蔡澜　上

爱就是前途、将来和幸福

> 爱就是前途,爱就是将来,爱就是幸福。你感觉不到,因为你爱得不够深。

蔡澜先生:

我十年前就知道这个人——一个出身名门望族的花花公子,那时我才十六岁。十年后,我在他的公司上班。他生意做得很大,常往外国跑。以我的职位,我们根本没机会在工作上有所接触。只是做梦都没想到,我们莫名其妙地走到了一起。

爱上一个有妇之夫,也许在这个年代不是什么大不了的事,只是我真的没想过有一天我会介入他的家庭。我认识他的家人,甚至他太太对我的印象还很好。

蔡澜先生,我竟找不到出路了。我心里很清楚地知道,和他在一起根本没幸福、将来、前途可言。我已经忘了和他谈判过多少次,说好不见却又见了,真的不想和他纠缠不清了。我试过很多次要摆脱他,却又彻底失败,真怕这一生都摆脱不了他啊。

是不是有些男人一生中可以爱上很多女人呢?我一向对感情是很理智的,明明知道和他在一起痛苦比快乐多,却不能自拔。狠下心不见他时,午夜电话又总是响起。他舍不得放手,也许是觉得我不是一个麻烦的女人吧!我总是在他需要我的时候出现,总是默默躲在一边支持他。我都觉得自己很委屈,也许是我前生欠他的吧!

朋友说,两个人在一起最重要的是安全感,没有名分就要物质上的丰足。也许我对他是真心吧!我从来没要过他的任何东西。我承认自己自尊心很强,他每次问我需要什么时我总是摇头。对我来说,明明知道和他没将来,就不需要他的任何东西,不拖不欠,那么有一天离开他也心安理得。我是不是很傻?

其实,我有一个喜欢我多年的男朋友。他的生意也做得越来越成功,他想让我辞掉这份工作去帮他。也许,这是一个摆脱那个人的好机会。因为我知道要离开他,唯一的办法就是离开这家公司,过新的生活。只是,我并不爱我男朋友,无论他为我做什么事情,都不能感动我。有时我也觉得内疚,从而导致对他时冷时热。我也知道,如果错过这个人,以后再也找不到一个像他对我那么好的。有时我会想,如果他早一点儿出现多好。如果没有那个人,我会毫无犹豫地嫁给这个男孩子,但现在我竟离不开那个人。其实,那个人对我的好不及这个男孩子的一半。也许爱情是没有理智的吧!

蔡澜先生,我该怎么办?我的心真的好乱!请您一定给我回复!

忧秋　上

忧秋：

有些事，是注定的。既然明知反抗不了，还去烦恼干什么？

人类的普通逻辑不能解决，哲学家们似是而非的理论也不能说服我们，就唯有信命了。中国人所说的"缘""前世""今生"，都还可以勉强地暂时给我们一个答案。姑且信之，好过继续迷惘。

很喜欢你的性格，不麻烦人，不要求物质，不破坏他人的家庭。你是一个理想的情人。这世界上有多少男人，都想要你这样的情人。

你要是能心安理得地做个"第三者"，那么这个男人、他的老婆、喜欢你多年的男友，都会很幸福。

如果你自怨自艾，那你本人痛苦，那个男的也不好过，他的妻子知道了更是心碎，多年男友又得不到你，四个人全没好结果。

孰好孰坏，很容易计算出来。

是的，有些男人一生中可以爱上很多女人，而且是同时。这可能是上天安排他们出来播种的。有些男人一生之中连一个女人也应付不了，他们可能生来就是做其他事情的。

你们四个人,都没错。

"错"在那"野蛮"的一夫一妻婚姻制度。

错就错在你们生在今天。

如果早个一百年,你们兴许还可以一起打麻将。

现在,只有用这个方法帮你开解。也许有一天,这个男的会爱上另一个女子,你伤心一场,就会没事,再去嫁给等你的男子。

也许,这两个男的你都不要,又出现一个更好、更英俊的男朋友。人,总要往好的方面去想,日子才能过得快乐一点儿。

比较起来,最无辜的是等你的男人,我很同情他。为什么他要遭到你那忽冷忽热的对待?他也只好去相信命运了。

谁说爱上一个有妇之夫就没前途、将来和幸福?爱就是前途,爱就是将来,爱就是幸福,你感觉不到,因为你爱得不够深。

蔡澜　上

何谓真爱

真爱是盲目的,也很容易消耗

> 爱的力量一次比一次减弱,直到你已不能再拥有这种感情。这时候,你不会痛苦,但也不会再有真爱了。

蔡澜先生:

你好,我遇到的问题实在太复杂了,不知从何说起。

我时常想,究竟什么是真爱?真爱是自私的,还是无私的?经常见到一些新闻,大致内容是男女分手,男的自杀,原因是男主角不能接受女主角不再爱自己的事实;或是男的以为自己太爱女方,失去女方自己便活不成；又或是男的以为可以用死来证明自己的爱，以为这是为爱情牺牲。但是我认为他们全都错了，他们都是自私的。如果他们真的爱女方，为什么不考虑女方的心理负担？女方可能会一生一世背负着曾害死人的罪名。

我认为，因爱对方而不爱对方才是真爱，是不是很玄？具体地说，背后有两种假设。一、女方一点儿也不爱男方；二、男方不能令女方幸福。我本来已有一个心仪的对象，但是基于以上两个原因，我尽量尝试不再爱她，但我体内的DNA却不容许我这样做。你可能会叫我另找一个对象。但是，如果我不爱新的对象，利用她来解脱，岂不是害人害己？我真的不想占有一个我爱的人，就算她也爱我，我只想我爱的人能够幸福快乐。

以前，我以为自己连生死都可以置之度外，什么都可以拿得起放得下，但自从我见到她的一刻，心快要从胸膛跳出来的一刻，我才知道原来世上有一种东西——爱，是看不透的。或许真的如某人所说："你如果已看破红尘，什么都看透了，那根本不应该在这个世界上生存！"

现在，我想请教阁下，我要不要继续享受这种所谓的真爱？如果不是，那怎样解决？

乌托邦的失眠人　上

乌托邦的失眠人：

真爱是不能解释的，唯有感觉得到。一接触便不可收拾，能抛弃一切甚至父母兄弟姐妹，为了对方什么事都做得出。

真爱是盲目的，也是很容易消耗的。爱的力量一次比一次减弱，直到你已不能再拥有这种感情。这时候，你不会痛苦，但也不会再有真爱了。

当然，真爱是自私的。不顾一切地去爱，不是自私是什么？你说的对，男女自杀，以死表现真正爱对方的行为，都是自私的、愚蠢的、增加别人麻烦的。

人家为我们死，我们不能同情他们。要是背上这个害死人的罪名，那么这个人也是自私的、愚蠢的。他们和自杀的人一样，是找痛苦来自虐。因为对这件事，他们根本不必负任何责任。

我明白你说的"因爱对方而不爱对方"的道理，说起来也不是很玄。

你既然对心仪的对象不能忘怀，那就不忘怀吧！不交新女友，也是你自己的问题，没有人能影响到你。

请你尽情去享受这种你所谓的真爱吧！说你永远不能忘怀，那是骗人的。当时间冲淡了一切，你会再次"心快要从胸膛跳出来"。我只能够担保你有第二次。至于第三次会变成什么，你都感觉不到。

你的问题没法子解决，因为你所谓的真爱，爱得不够强烈，不然你怎么会说出"真的不想占有"这种话？

爱就是占有。得不到，才想别的。一开始就不想占有，那么爱和不爱又有什么分别？我劝你至少坦率地向她表白，要是她拒绝了，再去忍耐，再去流泪，再去折磨自己，再去失眠吧！

祝好！

蔡澜　上

什么叫爱得深

> 爱是疯狂的。爱得深的话,就算他有老婆,也可以奉献出一切,牺牲青春,牺牲自尊,只求分享他一点点的时间。

蔡澜先生:

你好,我叫阿欣,我发觉自己爱上了他,可他已经有了女朋友。

前天,在朋友婚宴上遇见他。其实,之前已经见过面,不过从未接触过,也没深谈。这晚,他一开始就很照顾我,他是我干哥哥的好朋友。我干哥哥叫他好好照顾我。干哥哥很忙,要帮忙招呼客人,又见我对他有意,便趁机给我和他制造机会。

这个男子叫阿哲，他那种温柔体贴真是能"杀"死人，整晚我都被他吸引住。他俊俏的面孔，更加让人难以抗拒。婚宴完毕，我们一大帮人去"K歌"消遣。起初我很闷，因为阿哲没有理我；后来，我和他开始唱歌。

期间，有些不太熟的男孩找我聊天，我留意到他好像有点儿不高兴。后来我主动叫他唱歌。合唱时，他时常望着我；因为我怕碰触到他的目光，所以没多久便转移视线，但我清楚地知道他是望着我的。

唱完歌，有一个男孩走来说送我回家，阿哲在旁边立刻说："不用了，我和她比较近，我送她回家。"我听到后真的很开心，可惜没有勇气去制造机会，连电话都没有留就分开了。

第二天，我问我干哥，究竟和他有没有机会？这才知道阿哲曾对他说，如果早认识我一年就好了，因为他正要和女朋友贷款买房。如无意外，明年就结婚。

蔡澜先生，你觉得我是否还应该去争取？究竟他喜不喜欢我？我干哥对我说，虽然机会很小，但这是唯一的机会。如果他结了婚就彻底没有机会了，所以我一定要主动找他，你同意吗？或者有其他更好的办法吗？

阿欣　上

阿欣:

如果陷在这件事中,除了去跳海,你没有更好的办法。
你只是"以为"自己爱上他罢了,还不是"真正"爱上他。
"真正"爱上一个人,哪会找我问长问短?哪会征求你干哥的意见?

爱是疯狂的。
如果你已达到这种疯狂的地步,你现在不是在给我写信,而是已经和他通电话,求他和你约会。

男人即便已经结了婚,也可以那么疯狂地去爱。问题是这个男人值不值得你去这样做。既然他还是单身,那么你便有权去追他。
他在没有遇到你之前,和另一个女人计划贷款结婚生子。那不是你的错,是时间的错。

如果他为了你,放弃现在交往的女友,那他只是两者选择其一罢了。未到婚嫁,他不必背负上责任,最多是把一起供房的钱还给那女人。

爱得深的话，哪管他有没有女友。爱得深的话，就算他有老婆，也可以奉献出一切，牺牲青春，牺牲自尊，只求分享他一点点的时间。

爱得深的话，甚至爱上他的太太，爱上他的儿子，绝对不会做出令他为难的事。

你只是望过他几眼，婚宴上和他聊聊天，KTV 中和他唱唱歌，就算爱上他了吗？他的缺点，你还没有看到呢，你确定对他的感觉不会改变？你会为他作出牺牲？

追求吧！追求不到他就去追别人，再接再厉。

祝好！

蔡澜　上

爱，是豁出性命的

> 爱，是没有羞耻的；爱，是豁出性命的。你把借口推在自傲上，这显然证明你没有资格说爱过他。

蔡澜先生：

差不多两年了！每次想起他，我总会叹一口气，也不知喜欢他什么。

一年前，我碰到他跟一个女孩约会。其实，我早就知道他跟这个女孩走得近，只是自己不愿相信。那次碰上，亲眼看到了，我以为自己会死心。但直到现在，跟他相处久了，我发觉他的优点越来越多，更加喜欢他，可能是我没有更好的对象吧！

　　表面上，我装作若无其事，不时取笑他跟她。没有人知道我喜欢的是他，也没有人知道我偷偷为他哭过多少次。

　　是的，我在等他俩分手。但我也知道，他俩仍在热恋中，但却不时吵架。他是一个将阴晴全都挂在脸上的人，每次吵架后都郁郁寡欢地独自坐在角落。我从没见过像他这般情绪化的男孩。而我每次看到这情景，都以为他们会分手，都以为自己仍有希望。可是不到几天，他俩又走到一起了。

　　其实，他是知道我喜欢他的吧？

　　很多次我想跟他说清楚，好让他亲口说句"没可能"。可是我太爱我自己了，我怕说出口后不知怎样跟他相处。做不成情侣，我也不要勉强做朋友，何必要辛苦自己去装作没感觉？但我舍不得失去他，我总是觉得自己还有希望，尤其当他们吵架时。

　　祝生活愉快！

P　上

P：

爱上一个有女朋友的男人，总比爱上一个结了婚的男人幸运一些，你说是不是？

你讲的对，没有一个人知道你喜欢的是他，也没有一个人知道你曾经为他偷偷哭过。现在你告诉了我，我知道了呀！但是我知道没有用，你还是要讲给他听。向他倾诉，结果无非两种：一、他看不起你；二、他听后很感动，对你更好。这是不是好过你一个人白白流泪，到死了对方还是不了解你呢？

你不讲给他听，关系迟早完蛋。讲了之后，他不理你，也是完蛋。但是，万一有意想不到的结果呢？这个可能太过诱人，值得你去赌一赌。

你有很多次想跟他说清楚，但是你太自傲了，说不出口。这根本不是自傲的问题，是你爱他爱得不够深。

爱，是没有羞耻的；爱，是豁出性命的。你把借口推在自傲上，这显然证明你没有资格说爱过他。

既然这只是一个浅薄的暗恋,那么放弃他吧!他虽然有许多优点,但情绪化的男人是很难搞的,非常不成熟。爱上这种人,只有一生分享他的痛苦,与他共欢乐的时间很短。忧郁,是他的享受。

他知道,还是不知道?这个问题永远存在,要是你不问清楚的话,他就不会主动告诉你。这种人都不可一世,所以他们不懂得什么叫爱。

舍不得放弃他的话,一直等下去好了。总有一天你会放弃的,等到你七老八十。记住我这句话,一定灵验。

但是,你不是七老八十,你还年轻,我的话你不可能听得进去。你写信来问我,只不过是想找一个不相识的人诉诉苦,我讲什么都没用。

你问一句来,我答一句去,我们都是在浪费时间。不过,话说回来,爱,的确在浪费时间。

祝好!

蔡澜　上

他喜欢你,但没有达到爱的程度

既然真话说不出口,只好用太忙来搪塞了,
真话有时是很伤人的。

蔡澜先生:

你好!首先,多谢你替我解决感情上的烦恼!
我有一段感情由不清不楚到明朗化,到最后还是"无疾而终"!

三年前,我认识了一群男孩子,他们待我很好,大家犹如亲兄弟姐妹!他们当中有一位M君喜欢我,于是便托他的朋友问我是否喜欢他。但我从没有喜欢过他,所以没有答应,彼此一直只维持着朋友的关系。在他的朋友当中,有一个叫S君的经常打电话给我,全是为了帮M君追求我;但我始终无法爱上M君,反而对S君好感大增,可惜当时他已有固定的女朋友,我便认他做干哥哥!

前年，我和他还有他的一位朋友去看电影，当时他将一只手放在我的腰边（当时他已和女友分开很久了），我没有抗拒。在第二次看电影时，我故意把头靠在他的肩膀上，他也没有拒绝。于是我找机会告诉他已经爱上了他。当时他只说正在忙工作，过一段时间再来找我。但之后，他没有再找过我，只写了一些字条给我，叫我别做傻事，说他没有爱过我！

　　之后差不多一年没有再见到他，几乎把他淡忘了！一次偶然的机会，我找他帮忙，他还是十分热心！再次见面时，彼此没再提起以往的事。有一天，我到他办公的地方找他，只是想打个招呼而已，但他把我拉到他家。起初没有什么特别的，但之后我差一点儿把"第一次"给了他，幸好他没有这样做！他曾对我说："经历了那么多，才可以在一起！"之后我俩只是保持电话联络，他每天都忙于工作。为了见他，我连学都不上，去他办公的地方等他！

　　不过，最近连续几天他对我避而不见。我终于忍不住，打电话对他说，若不爱我，不需避开我。但他说不是，只是真的太忙了！过了几天。我再打给他，他留口讯说让我以后不要再找他。我不知道发生了什么事！我猜想原因有两个：一是他的一个朋友喜欢我，他不想难做；二是我太烦，常常给他打电话。

　　现有一些问题想请你解答：

　　一、是否应该再向他问清楚呢？

　　二、他到底喜不喜欢我？

　　三、我实在太爱他，没法忘记他！我该怎么做？

紫程　上

紫程：

厉害！你知道把头靠在男生的肩膀上来表示爱意，多数女孩子不懂这么做。

男人很贱，以为你是较为开放的，就可以有进一步的要求。所以，当他带你到他家去的时候，他有意占有你。

你说你"差一点"把第一次给了他，到底还是有保留的，所以他最后也放弃和你睡觉的念头。

当时他的心情一定是："这个女孩子已表明喜欢我，我把手放在她的腰上，她不但没有拒绝，还把头靠过来，那么上床也没什么大不了。但是，看样子她像是处女，我不过是玩玩罢了，还是放过她，免得将来惹麻烦。"

后来，你又打电话给他，说什么"若不爱我，不需避开我"等等无理取闹的话。

我要是他，也不好意思直接说："爱是不爱的，说说可以，但是你玩不起。"

既然真话说不出口，只好用太忙来搪塞了，真话有时是很伤人的。

可是你还是死缠烂打，每天给他打几次电话。最后，他感到你已令人厌烦到难以承受的地步，就给你留口讯，叫你不要再找他，这是很自然的反应。还没有和你发生肉体关系，你已像一个老婆那么追问，要是和你有了进一步的关系，那还得了？后果是不堪设想的。

回答你的问题：

一、答案已经清楚得不能再清楚。他喜欢你，但没有达到爱你的程度。你已三番五次示爱，他也明明白白地叫你别再去找他。你还想怎么个"清楚"呢？

二、玩玩吧！

三、你已用尽一切法宝，再也无路可走了，放弃他吧！

要是你真的爱得那么深，就求他见最后一面，把自己无条件地给了他，从此再不找他。要想念，让他去想念；要后悔，让他去后悔。而你自己快一点儿长大，成熟，做一个好女人。再过几年，他再找你时，连见面机会都不给他。

祝好！

蔡澜　上

爱没有输赢之分

爱一个人,没有什么上风下风的。爱永远是付出,爱永远是输的,没有赢家,如果你爱得足够深的话。

敬爱的蔡澜先生:

你好吗?我的朋友找我做顾问,我参考你的意见来开导我的朋友,常能帮到他们。但问题来到眼前,我却"医不自医"。

我现在正处于二人感情间的下风,虽然情侣之间无所谓上下风之争,但我长期处于下风,很辛苦。他是一个事业型的人,对我过分冷淡,令我很难忍受。我不敢逼他,不敢多过问,只怕失去他。

我们曾因他根本没时间约会而分手一年多。前一段时间,因为公事我们再次联系上。谈完公事,他送我回酒店(他在深圳,我在香港)。在回酒店途中,他提出了复合的要求。由于我还很爱他,而且互相都不好过,便答应了他。

复合已有半年了。在这半年里,他又像以前一样对我爱答不理。我经常要出差,见面机会少的时候,他才会紧张一阵子。其实,我对他的唯一要求,只是多见见面。我真的很失败。

在这半年中,我也有追求者,对方很体贴,是爱家庭且懂得疼我的那种类型。我已经二十八了,需要一个这样的男人。可能我还不够成熟,太看重自己的感觉而没有为将来打算,就这样继续执迷不悟下去。等到他觉得需要家庭时,可能我已年老色衰了,到那时他不要我,我又错过了机会,便不知如何是好。我明白,自己有此决定就应有此牺牲。但最令我疑惑的是,朋友常常劝我,为什么要作贱自己,不好好接受被爱的幸福。

请指教一下!

祝愉快!

读者少芬　上

少芬：

　　人一向不能自医的，回答读者来信很拿手，但必须承认，有时我也觉得自己没救。

　　爱一个人，没有什么上风下风的。爱永远是付出，爱永远是输的，没有赢家，如果你爱得足够深的话。

　　所以说，爱人比被人爱痛苦。如果我是你，我会马上放弃这个只顾事业的男人，接受那个懂得疼你的男人。

　　除了这句话，我已经不知道再跟你说些什么。

　　别再为爱情烦恼，多读书，提升自己的境界。境界一高，任何事都能看淡。

　　祝好！

蔡澜　上

恋爱是越爱越勇的

别让一次失败影响你的一生,继续努力吧!恋爱是越爱越勇的。

蔡澜先生:

你好!我有不少问题要向你请教。

一、我曾相识一个男朋友,最初约会时,他要了我的电话号码,但却没有给我打电话,只叫我时常到他家的餐厅去见他(他爸妈经营一家餐厅)。几年后,我拜托他帮我介绍工作,他就打电话叫我到他公司上班,我工作时他也有来看我。我也曾试着交往一个刚认识的男孩子,但他每次打电话来都匆匆挂掉(他是我的老师),我实在不明白男人们的心理。

二、曾有一些存心不良的男人给我假的电话号码,这种男人是什么心态?

三、我在年少时曾暗恋一位男同学,他不知情,不过我们很熟络。可是,他不太有上进心。我原本成绩很好,但因种种原因荒废了学业。我觉得在香港做白领才有地位(虽然平凡),蓝领会被人看不起。我想问,蓝领能否做到主管级职位?

四、在我一生中,爱上一个人不容易(我已尝试去喜欢别人),但当我爱上一个人后,便会很执着、很专一,连我自己也不明白。我正式恋爱过一次(是年少时的初恋),只是当时并不懂得去关心及爱一个人。直到最近一年,我认识了一个男子,我很喜欢他但不敢爱他,却又不能忘记他。因为我对他很执着,我怕自己年龄大了,身材、样貌都不及年轻时候,不会天长地久。其实近几年,我也有不结婚的想法,主要是担心被丈夫管束或欺负。此外,我跟这位男子无论在地位及学历方面均有些差距。我只有中学学历,只是蓝领,他会喜欢我吗?请教我如何处理。

以上各种问题,盼早日回复。

玛莉　上

玛莉:

　　一个男人要了你的电话号码又不打给你,是因为你不值得他主动去做这件事。

　　这很普通,和你得到一个男人的电话号码又不打给他,是一样的道理。

　　餐厅"太子爷"不约你到别的地方,只叫你去他的饭馆,是因为他要多赚你一点儿钱。哈哈!不过,他算有良心,让你在他餐厅打工。当然,也可能是现在工人难找的缘故。往好的方面去想,就算他有良心吧!

　　刚认识的那个男子,一打电话来就挂掉,说明精神有问题,不理他就是。男人的心理不容易懂,也不必懂,除非你想当心理学家。

只给你假电话号码的男人，就算了，不值得来往，也不值得去研究他的心态。

　　蓝领、白领都是工作，都是值得自豪的，反正不是伸手向人讨钱。做人有自信的话，什么工作都好。

　　你说在读书时名列前茅，但从来信看，有很多杂乱无章的思路，更有很多语句不通的地方，应该再虚心学习，勉之勉之。

　　爱上一个人时很执着、很专一，这并不坏！别让一次失败影响你的一生，继续努力吧！恋爱是越爱越勇的。

　　一年前认识的这个男子是你爱的，那就大胆地去表白吧！身材、相貌好不好，由他来决定，不必自己判自己的死刑。

　　结婚之后会不会被管束或被欺负，那要看你自己了。自己个性强一点儿，这种事当然不会发生。不能因为害怕就什么都不做。

　　天底下学历、地位不同的男女走到一起，这样的例子不知有多少！如果大家的学历和地位都一样才能结婚，那么将有多少人娶不到老婆，将有多少人嫁不出去！

　　祝好！

蔡澜　上

你好　初恋

再见,初恋

> 初恋总会发生,你遇到的是他,这是命运的安排。每一个人的初恋都有结束的一天,你也不例外,让它早日结束吧!

蔡澜先生:

你好!我有些爱情上的问题请教。

因为我的家人很喜欢喝茶,所以我每天要陪他们到楼下的茶楼喝茶。大约在半年前,我在那里认识了一个服务员。我发觉自己每天都想见到他,如果哪天见不到,就会很失望。不知道从何时开始,我已经爱上了他。

我们渐渐变得熟络，经常一起逛街、看电影、吃饭。不过，他常常做些令我误会的事情，例如用手搭着我的肩膀；吃雪糕时，你一口我一口，但是他说："我们是好朋友，当然有福同享啦！"

有一次，他像平时一样约我上街，却给我一个很大的惊喜；在乘电梯的时候，他在我的脸上吻了一下。回家后，我忍不住打电话问他："你喜不喜欢我？"他没有回答就挂断了电话。这之后，我们有两个星期没有联络。在这两个星期里，我一直很想念他，直至有一天，他告诉我他要去美国读书。他问我："你希不希望我去？"我回答说："迟些再答复你。"我真的不知怎样做才好。如果我留住他，可能会阻碍他的前途；如果我不留，我就会……

问题：

一、他是不是喜欢我？

二、我该不该留住他？

三、如果把他留住，我们又会怎样？

希望你能帮我解答！万分感激。

Regina　上

Regina：

  一个少女爱上一个茶楼服务员的故事。

  没有人会被这个故事感动，除了你们二人。

  你的父母知道了，一定会叫你早点儿离开他。事情很简单，你还是一个无知少女，跟一个茶楼服务员能有什么结果？他能养活你吗？

  我倒是这样看的：初恋总会发生，你遇到的是他，这是命运的安排。一个茶楼服务员，总比一个地痞流氓好得多。

  不少从事底层工作的人很有志气，你的这位朋友也要到国外去读书，将来说不定会成为李嘉诚一样的富豪，你不能小看他。

  把手搭在你肩膀上，在我们看来的确不是一个很随便的动作，但时下的年轻人并不把这当成什么了不起的事。

  吃雪糕时你一口他一口，这是亲密的表现，没有什么大不了。

  在电梯中情不自禁地吻了你一下，总比马上脱你内衣纯情得多。

  这还不是示意喜欢你，是什么？

  到最后，他觉得他得向你有个交代，便约你出来，对你说他要离开，这也是一个正常人应该做的事。

  回答你的问题：

一、他是喜欢你的。喜欢而已,谈不上爱。

二、你留他,凭什么?你养他吗?

三、把他留下,他会恨你一辈子的。

每一个人的初恋都有结束的一天,你也不例外,让它早日结束吧!

祝好!

蔡澜　上

男人都不能忘记初恋情人,就像女人一样

> 男人都不能忘记初恋情人,就像女人一样,大家都是平等的。不能忘记不是罪过,是心理上的必然现象。

蔡澜先生:

你好,我今年十六岁,正与一个比我小半岁的男孩阿苏谈恋爱。我是他的第二任女友,而他是我的初恋情人。他失恋时,正是我俩开始的时候,我曾怀疑他对我是不是真心,是不是把我当作心灵上的填补,但他对我很好,处处关心我,所以我相信他是真心的。

我曾问他:"如果你的旧情人想与你重归于好,你会怎样?会不会再次喜欢她?"他竟犹豫不决地答:"不会吧!不知道。"

虽然他之后说不会,并说现在已有了我,不会再理她,但我很不安心。究竟他是怎样想的?

我想请先生为我解答以下问题:

一、男人是否都不能忘记初恋对象?

二、男人是否会同时爱上一个以上的女人?

三、我到底应怎样做,才能令他心中只有我一个?男人天生就花心吗?

四、男人是不是很不喜欢说"我爱你"这些甜言蜜语?因为我每次暗示想听他说时,他总是支吾以对,那是否代表他不是十分爱我?

祝身体健康!

自寻烦恼的女孩　上

自寻烦恼的女孩：

你已有自知之明，知道是自寻烦恼还写信给我干什么？

你问他是否会与旧情人重归于好。他答得很中肯，是个很诚实的人。他当然不知道啦！只有十五岁，哪有什么经验能肯定地回答你这种笨问题。

如果他想都不想，瞪大了眼睛说："不会，一定不会！"那你就要担心了。

你不停地问，纠缠不清，总会导致有一天他讨厌你。戒之戒之！

回答你的问题：

一、是的。男人都不能忘记初恋情人，就像女人也不能忘记初恋情人一样，大家都是平等的。这不是男人和女人的问题，而是男女都会发生的事，避免不了。不能忘记不是罪过，是心理上的必然现象。

二、男人当然可以同时爱上一个以上的女人。不过，要看是怎么样的男人，有些男人半个都应付不来。

三、你怎么做都不能叫他心中只有你一个。除非你牺牲一切，他要什么就给他什么，忘记廉耻，忘记父母。但是，这也并不是一种保证。

四、年轻男人是不喜欢说"我爱你"之类的话,他们认为太过老套。男人年纪大了,就什么话都说得出,跟吃叉烧包差不多。

你的男友不愿说"我爱你",就不要逼他说了!谢天谢地,好在我不是他。

祝好!

蔡澜　上

等别人回到自己身边,怎么会开心?

> 痴痴地等,等于是痴痴地幻想和痴痴地痛苦,是天底下最坏的事。

蔡澜先生:

　　自我介绍一下,我是一个性格古怪的人,喜欢把每一件事都藏于心底,不让人知道,无论如何不开心,都会在人面前强颜欢笑。我曾经有一位男朋友阿明,恋爱一年后,他在没有和我说分手的前提下,和一位新识的女孩子谈恋爱,令我深受打击。

两年前,我遇到了阿文。和他相处了近一年,他十分呵护我。最近,我为筹备一个庆祝会而日夜忙碌,只靠电话与他联络。在这期间,他移情别恋,和我的朋友阿蓉好上了,从此不再陪我一起放学。再见面时,他说已经"不能回头"了,并让我多给他一点儿时间,因为他仍然爱我!

一个月过去了,他对我的态度依然是不理不睬,于是我把想说的一切都写在信上寄给他,他的反应是:他真的很爱我,但不想对不起阿蓉,也不想我俩不开心,不知怎样做才好。阿文问我是否还爱他,我回答"很爱";他问我可不可以等他,我说"可以"!但

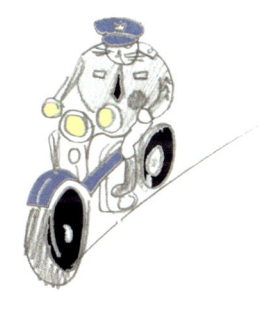

每天看见他们或听到他们的事,我很不高兴。我已经是第二次被自己的男朋友这样对待了,甚至这次比上次更严重。我视第一次恋爱为游戏,这一次才是我真正的初恋。

请蔡先生解答我的问题:

一、阿文爱我多一些,还是爱阿蓉多一些呢?

二、怎样才能够开心地等阿文回到我的身边?

三、我是不是很傻,将自己最心爱的人拱手相让?

四、我应该怎样处理这件事?放弃还是等待?

五、阿文要我等他,是不希望我不开心,还是希望我自己慢慢放弃他?还是他真的还爱我而让我等他呢?

六、我应不应该和他说清楚?

七、如果有别人喜欢上我,我该怎么办?

思敏　上

思敏：

　　回答你的问题：

　　一、阿文现在爱你，和爱阿蓉一样多。谁在他身边，他就爱谁多一点儿。年轻男孩不懂珍惜，常有这种毛病。和阿蓉在一起，说不肯放弃你；和你在一起，说不肯放弃阿蓉。你要是不去分析年轻人的轻浮，便会被他"玩死"。

　　爱谁多一点儿都不重要。你认为非他不可，那么就死缠烂打好了，<u>抛开一切，整天跟着他</u>。你这么一做，阿蓉也会学你一样死缠烂打，<u>整天跟着他</u>。最后，阿文会两个都不要，再找一个新的。结果一定是这样的，还是离开他好。

　　二、等别人回到自己身边，怎么会开心？痴痴地等，等于是痴痴地幻想和痴痴地痛苦，是天底下最坏的事。争取，才是积极的。争取不到，再痛苦也值得。连争取也不肯争取，该死！

　　三、你是很傻，但也不能完全怪自己，你并不是把心爱的人拱手奉送，而是他主动地去追别人。就算他没有爱上阿蓉，也会爱上其他人。假设你没有与他疏于联系，他也会找机会拈花惹草，这一点你要搞清楚。搞不清楚，就是傻。

四、我很欣赏你这种不麻烦别人的个性。有这种个性的人，自己注定是痛苦的，这是代价。既然你是开朗的、豁达的，就不应该那么小心眼儿地只爱一个人。开朗的人也有博爱的精神，多爱几个，便没事了。

五、阿文要你等他，理由并没有你想得那么复杂，他只是想脚踏两只船罢了。

六、你应该和他说清楚，要阿蓉或者要你。这样一来，结果如何不知道，但总可以避免一天到晚胡思乱想。

七、如果有别人喜欢你，尽管去爱好了。你以为你现在很爱阿文，但你这种年纪的女孩子，一转头就会立刻爱上别人，这一点儿也不稀奇。

祝好！

蔡澜　上

初恋分手后大哭一场,是一种享受

和初恋分手,大哭一场,是一个经验,也是一种享受。

蔡澜先生:

你好!我很喜欢看你的书,因为觉得你说的话简单、清楚、很有道理!

我今年十九岁,是一个中六学生。我两年前认识了一个男孩,交往了一年,分手至今也快一年了!我不知道他当初为什么要与我分手。我只记得自己大哭了一场，没有求他不要离开我，但事后追悔莫及！

所以，在过去的一年里，我经常主动找他。有时打电话和他聊天，他也没有拒绝我。我向他表明仍然爱他，他似乎没有抗拒，还说之后会约我，我听后很开心。然而，他并没有遵守诺言。我只好再找他，但他时常借故说忙，挂我的电话。我很伤心，哭了许多次，但傻傻的我过一段时间后又去找他，他又当没事发生过似的，依旧对我忽冷忽热。

你说，他是不是已经不爱我了？为什么他的态度会变来变去？现在，我决定放弃了，只想重新开始；可是他却主动来找我，令我内心再次忐忑不安。我从没期望他会回到我的身边，但我已经不能和他做回普通朋友，你说我该怎么办？如果他打电话过来，我要怎样对待他呢？其实，我宁愿他不要再来找我，他已经令我不能集中精神温习功课了！

谢谢你！

Annie　上

Annie:

和初恋分手,大哭一场,是一个经验,也是一种享受。有些人连哭都没机会哭,你很幸运。

明显地,你的男朋友并不喜欢你,他只是不好意思当面拒绝你罢了!

男人遇到这种情形,多数不去面对,以为拒绝了对方几次,女的便会识趣,不再来烦他。

怎知道,天底下有许多像你这样的女孩子,纠缠不清、死心不改,只好用考试呀旅行呀等理由,暂时搪塞你一下,事后忘得一干二净,当然不会再找你。

当你再找他时,他当没事发生过,这也很正常。难道还要解释为什么不给你打电话?太浪费时间了。

有时男孩子和你们接触,是用下体思考的。垂下之后,便觉厌倦。你又不是特别吸引他,他找你干什么?还有其他女孩子呀。变来变去是人类的通病,女孩子也不例外。

当你放弃了他,他又来找你,这也是人类的毛病之一,犯贱嘛!
另一个可能性是他暂时没有其他伴侣,拿你来开开心罢了!
既然你已经下定决心去好好念书,那就完全地和他断绝关系好了。你将发现你不会后悔的,因为他不值得。

从你的来信中看到很清秀的字体,人如其字。
你怕他来电话妨碍你温习功课,这说明你是一个很上进的女孩子。我不知道这个男孩子是什么样子,可能让你着迷了一阵子,这是因为你以前没有过这种经验。现在已经尝到了,应该去寻求更舒服、更温馨的感觉,我相信这个男孩子没有条件给你提供这些。

要是你还优柔寡断,那么你一定不是我认为的那种清秀型女孩,也许你是个大嘴巴、大肥婆吧!不然,怎么会去死缠着一个对你不理不睬的人?
祝好!

蔡澜　上